받아쓰기

반아쓰기

내가 머문 아이오와 일기

김유진 에세이

난다

○ 차례

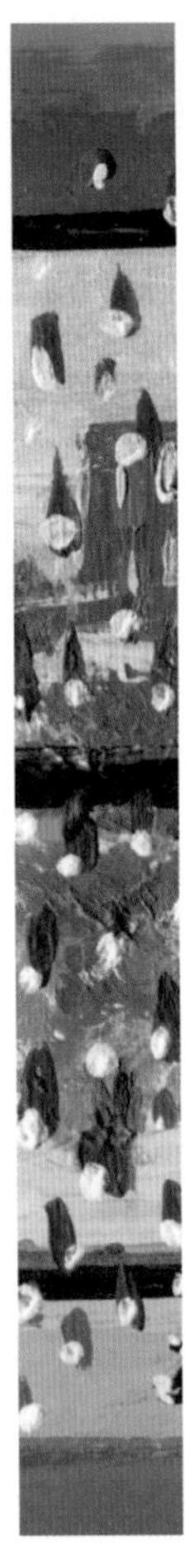

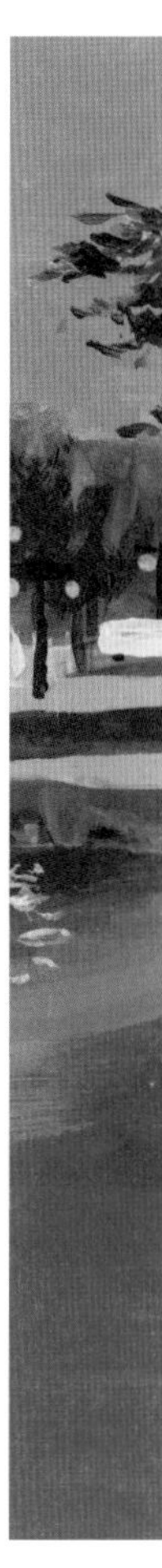

아이오와 국제 창작 프로그램(International Writing Program)은 1967년 시작된 아이오와 시 주관의 문학 레지던스 프로그램이다. 2015년엔 33개국에서 34명의 시인, 소설가, 번역가가 참여했다. 2015년 8월 22일부터 11월 11일까지, 작가들은 아이오와 대학교 내의 같은 호텔에 머물며 창작과 토론, 낭독회 등의 프로그램에 참여했다.

★ 2015년 8월 21일 금요일

내일이면 아이오와로 떠난다. 며칠 전부터 방구석에 여행용 캐리어를 열어두고는 오며 가며 필요한 물건들이 생각날 때마다 던져두었으므로 더 챙길 것은 없었다. 나름 간소하게 담았다고 생각했는데 28인치짜리 캐리어가 다 찼다. 체류 기간은 2개월 20일밖에 되지 않지만 계절로는 세 계절이라 옷이 많다. 11월이면 종종 눈이 내리기도 한다고, IWP의 코디네이터가 보낸 날씨 안내문에 적혀 있었다. 나는 고심 끝에 가장 얇은 코트 한 벌을 챙겼다. 영어 문법책과 올해 IWP 참여 작가들의 샘플 텍스트 출력본을 넣었더니 가방이 묵직해졌다. 외국인의 이름과 얼굴을 기억하는

일에는 영 자신이 없어 작품을 조금씩 보아두기로 했다. 한국어 소설책도 하나 넣었다가 부질없는 짓 같아 다시 꺼냈다. 낯설고 불편한 곳에서 책이 눈에 들어올 리가 없다.

어제 오후까지 계간지에 실릴 단편소설의 교정을 보았다. 마감을 하며 비자를 받고, IWP에 각종 서류를 보내느라 바빴다. 평소엔 지나치게 한가로운데 이번엔 어쩌다보니 그렇게 되었다. 문젯거리가 있었던 탓이다.

소설의 첫 장, 화자는 국내 휴양지로 여행을 가기 위해 공항에 간다. 비바람이 심해 출발할 수 있을지 미지수다. 태풍이 북상하고 있었다. 우산에서 물이 뚝뚝 떨어졌다. 갑자기 내리기 시작한 비라 공항엔 우산용 비닐이 없다. 화자는 면세점에서 선크림을 사고 받은 비닐 가방에 우산을 접어 넣는다.

원고를 받은 편집자는 국내 여행을 하는 화자가 공항 면세점에서 물건을 사는 일은 불가능하다고 알려주었다. 면세점 대신 '면세품 인도장에서 받은 비닐 가방'으로 바꾸는 것은 어떻겠냐 했다. 이유를 확실히 말할 순 없지만, 나는 화자가 선크림을 샀다는 사실을 꼭 말하고 싶었다. 우리는 어떠한 식으로든 대안을 찾아보려 몇 차례 메일을 주고받았지만 허사였다. 나의 바보 같은 실수였다. 이것도 저것도 오류이거나 어색했다. 결국, 어제 그 문장을 아예 지우기로 했다.

화자가 비바람을 뚫고 운항하는 비행기 기내에서 불안에 떠는 이야기를 썼던 탓인지 내일의 장시간 비행이 견딜 수 없이 불길하게 느껴졌다. 영 잠이 오지 않았다. 인터넷 포털 사이트에 들어가 '비행기 사고' 따위의 검색어를 입력했다. 일목요연하게 정리된 비행기 사고 기록과 사고 일지를 보고 있자니 새벽 2시가 훌쩍 넘어갔다.

내일, 인천에서 나리타로, 나리타에서 시카고로, 다시, 시카고에서 아이오와로 향하는 시더래피즈 공항으로 가야 한다. 아이오와는 한국보다 열다섯 시간이 느리다. 스무 시간의 긴 여정이 될 것이다.

★ 2015년 8월 22일 토요일

불행히도 오늘은 아이오와에 도착한 첫날이 되어야 하지만, 시카고에 머물면서 이 글을 쓴다.

나리타 공항에서 시카고 오헤어 공항으로, 그리고 시더래피즈행 비행기로 갈아타는 각각의 환승 구간엔 한 시간 반가량의 대기 시간이 있었다. 나는 그 간격이 꼭 알맞은, 합리적 시간이라고 믿어 의심치 않았다. 인터넷 항공 사이트에서 판매하는 항공권의 스케줄이 나름의 논리로 정해졌으리라는 근거 없는 믿음이 있었던 것이다. 그러나 문제는, 몇 차례의 환승을 거치건 간에 모든 승객은 미국 내 첫 도착지에서 반드시 짐을 찾아 다시 부쳐야 한다는 사실을 인천공항 발권 데스크에서 뒤늦게 알게 되었다는 것이었다. 나는 미국 여행이 처음이었다. 기실, 언어를 포함해 미국에 대해 아는 것이 별로 없었다. 나리타에서 시카고로 향하는 기내에서 거구의 남성 둘 사이에 어깨를 구긴 채 열두 시간 동안 앉아 있으면서, 나는 운항에 차질이 생기리라는 것은 전혀 예상하지 못했다. 5시 30분까지 시카고 오헤어 공항의 3터미널 탑승 게이트로 가야 했지만, 사소한 기술

적 문제로 연착을 하는 바람에 45분이나 지난 4시 45분에야 육지에 발을 디딜 수 있었다.

공항은 크고 복잡했다. Express Connects라고 크게 적힌 주황색 카드를 들고 출입국 관리대의 무한히 긴 줄을 건너뛰는 등의 사소한 배려를 받았지만, 짐을 다시 부치기 위해 항공사 직원에게 여권을 건넬 때 이미 시계는 6시 10분을 가리키고 있었다. 그러나 그때까지도 상황 파악이 제대로 되지 않았는데, 비행기가 늦게 도착할 수도 있다면 늦게 출발할 수도 있는 것 아니겠느냐는 초현실적 전망이 있었기 때문이다. 비행기를 놓치는 일은 기나긴 여정의 첫 관문치고는 너무 큰 고난이 아닌가. 발권 데스크의 직원이 무덤덤한 얼굴로 내가 비행기를 놓쳤다는 사실과 이후 시더래피즈로 향하는 비행기의 잔여 좌석은 없으니 내일 아침 7시 30분 비행기를 예약해주겠다는 것, 오늘밤 8시에 마지막 비행기가 있긴 한데, 혹시 나처럼 환승에 실패한 승객이 있을지 모르니 가서 기다려볼 수도 있다는 막연한 가능성을 통보한 후에야 비로소 나는 내가 TV에서나 보았던 바로 그 상황에 놓였다는 것을 깨달았다. 항공사 직원은 항공사의 실수로 비행기가 연착한 것은 미안하지만 호텔 비용을 지불해줄 수는 없다며 연계 호텔의 숙박비 10퍼센트 할인 쿠폰을 내밀어 보였다. 나는 묻기도 전에 먼저 선수 치는 직원의 노회한 태도보다, 평소 근심 걱정이라면 남부럽지 않다고 자부하고 있었음에도 불구하고 지금껏 유지한 항공 시스템에 대한 나의 바보 같은 믿음과 낙천성에 더욱 놀랐다.

8시 비행기 역시 잔여 좌석이 없었기 때문에 결국 시카고에서 하루를 보내야 했다. 무슨 일이 생기면 언제든 자신에게 연락하라던 IWP 코디네이터인 캐서린Kathleen Maris의 연락처를 수첩 귀퉁이에 적어놓은 것이 기억났다. 꺼두었던 휴대폰을 켰다. 캐서린은 호텔을 수배한 뒤 공항으로 사람을 보내겠노라 말했다. 나는 공항 로비에서 한 시간 반가량을 머물렀다. 사위는 어둡고 적막감이 돌았다. 공기가 차고 축축했다.

Candlewood Suits라는 이름의 호텔은 공항에서 차로 10분쯤 떨어진 곳에 있었다. 밤 11시가 훌쩍 넘어 있었다. 가시지 않은 긴장감 위로 피로가 몰려왔다. 몸을 씻고 싶었다. 샤워기의 수압이 너무 센 나머지 등을 떠밀리는 기분이었다.

목욕을 끝내고 욕실 문을 열었을 때, 캐리어를 시더래피즈 공항으로 미리 보내두었다는 사실을 상기했다. 가져온 배낭엔 노트북과 휴대폰 USB 충전기, 공책 한 권, 영문

법 책 따위가 전부였다. 얼굴에 뭐라도 발라야 할 것 같아 핸드크림을 꺼냈다. 인공적인 허브향이 훅 끼쳤다. 핸드크림은 유분이 적어 아무리 듬뿍 발라도 건조함이 가시지 않았다. 미간이 갈라지는 것 같았다. 문득 처지가 처량하게 느껴졌다. 눈물이 났다.

★ 2015년 8월 23일 일요일

1

시더래피즈 공항은 소도시의 기차역 크기와 비슷했다. 공항 주변은 허허롭고 한산했다. 날이 맑고 쾌청했다. 공항 로비에서 아이오와 대학의 밴을 기다리는 동안, 어제 나와 같은 비행기를 놓친 동양인 여자와 마주쳤다. 이십대 초반쯤 되어 보이는 앳된 얼굴의 여자는 어제 탑승 게이트 데스크의 직원에게 유창한 영어로 항의를 했었다. 그녀의 경우 탑승권에 게이트 번호가 잘못 인쇄되어 비행기를 놓쳤기 때문이었다. 그러나 그녀에게 돌아간 것은 역시나 연계 호텔의 10퍼센트 숙박 할인 쿠폰뿐이었다.

여자는 내 옆 좌석에 캐리어를 놓더니 잠시 지켜봐달라고 했다. 그녀는 공중전화 부스로 가 작은 메모지를 펼치더니 어딘가에 여러 차례 전화를 걸었다. 내가 휴대폰을 보는 사이 잠시 시야에서 사라졌던 여자가 옆자리에 앉으며 과자 봉지 같은 것을 내밀었다. 무심결에 봉지에 손을 넣었다. 젤리였다. 아무 맛도 나지 않는, 단지 고무 같은 식감만이 느껴지는 것이었는데, 그녀는 배가 고프다며 젤리를 거푸 씹었다.

간밤에 어디서 지냈느냐고 여자에게 물었다. 공항에서 밤을 새웠노라 덤덤히 답했다. 나의 처지는 상대적으로 훌륭했던 모양이었다. 우리는 함께 거의 40분 정도 각자의 차를 기다렸다. 나는 방향이 같다면 함께 차를 타고 가는 것이 좋을 것 같아 아이오와 대학생인지를 물었다. 아니라며 고개를 저었다. 결국 내가 밴을 타고 떠날 때까지 여자는 공항에 남겨졌다.

밴을 몰고 온 사람은 캐서린의 남편으로, 오밀조밀한 얼굴에 직사각형 콧수염이 단정한 남자였다. 가는 동안 그는 아이오와의 기후와 풍토 따위에 대해 설명했다. 나는 작은 추임새를 넣으며 고개만 끄덕였다. 문득 차 안 전면 유리 구석에 작은 메뚜기 한 마리가 눈에 띄었다. 작고 가냘픈 몸이었다. 몸체는 완두콩색이면서 꼬리로 갈수록 밤색으로 변하는 섬세한 모양새의 메뚜기가 볕을 쬐고 있었다.

2

호텔에 도착하자마자 일정이 시작되었다. 내 방은 225호다. 작가들은 모두 2층과 3층에 묵는다. 대부분의 작가들이 어젯밤에 도착했다고 했다. 33개 나라, 34명이다.

우리는 다 함께 마을을 한 바퀴 돌아보았다. 서로 인사를 나누었다. 통성명을 했지만, 대부분의 이름은 기억하기 어려웠다. 두 명의 작가가 참가한 캐나다를 제외하고는 각 나라에서 한 명의 작가가 참여했으므로, 이름 대신 어느 나라 사람, 이라고 기억하는 것이 빨랐다. 나는 참여 작가들의 프로필 사진과 실제 모습을 맞추어보며 기억을 더듬어보았다. 더러는 사진과 인상이 같고, 몇몇은 완전히 달랐다.

산책이 끝난 후 몇몇이 바에서 맥주를 마시겠다고 했다. 내내 함께 걸었던 대만의 소설가 웬잉Wenyin Chung은 숙소로 돌아가겠다고 말했지만, 내가 맥주 한 잔만 마시고 가자고 졸라 함께 술집으로 향했다. 웬잉은 티베트 불교를 10년째 공부하고 있다고 했다. 동양 문화에 관심이 있어 보였던 핀란드 시인과 몽골의 영화감독, 그리고 마카오에서 온 시인과 내가 마지막까지 남아 맥주를 마셨다. 웬잉은 불교에서 요구하는 삶의 태도와 예술가로서의 세속적 욕망 사이의 불화에 대해 이야기했고, 나는 그것에 대해 아는 것이 없었으므로 가만히 듣고만 있었다. 몽골에서 온 비얌바Byambaa Sakhiya는 수시로 안과 바깥을 드나들며 담배를 피웠다. 아이오와는 허용된 영역이 아니면 실외에서도 흡연은 금지라고 했다.

호텔방에 돌아오자 배고픔이 밀려왔다. 생각해보니 종일 음식다운 것을 먹지 못했다. 냉장고를 열자 입구가 돌돌 말린 작은 종이봉투가 들어 있었다. 밤늦게 도착한 작가들을 위한 가벼운 끼니였다. 딱딱한 빵과 반쯤 언 샐러리, 당근, 오렌지, 치즈 한 조각, 사과 한 알이 있었다. 샐러리는 꽁꽁 얼어 있어 아이스크림 같았다. 동전 크기의 치즈를 꺼내 허겁지겁 반쯤 먹고 났을 때 그제야 속껍질까지 함께 먹고 있었다는 것을 깨달았다.

★ 2015년 8월 24일 월요일

오늘은 아침 8시 45분부터 일정이 시작되었다. 다 같이 모여 아침식사를 하며 호텔 관계자들과 인사를 나눈다고 했다. 퍼뜩 사람들 앞에서 자기소개를 해야 할 것만 같은 불길한 예감이 스쳤다. 눈을 뜨자마자 긴장이 되기 시작했다. 사람들 앞에 나서는 것은 늘 고역이었다. 게다가 영어로 말해야 한다니. 나는 고등학교 졸업 이후 오랜 시간에 걸쳐 영어와 서먹한 사이가 되어버렸고, 이곳에 참여하기로 결정이 난 후 한 달가량 부랴부랴 어학원을 다닌 것이 내 영어 감각의 전부였다. 영어라면, 아무리 사소한 것도 사소하지 않게 되어버린다.

8시 40분쯤 웬잉이 방으로 찾아왔다. 함께 식당으로 내려가자고 했다. 웬잉은 사교적이고 친절하다. 흑단 같은 머리가 허리춤까지 온다. 체구가 작고 동글동글한 인상이어서 나이가 가늠이 되질 않는다.

아침식사를 끝낸 후, 장소를 옮겨 프로그램 운영에 관련된 전 직원의 소개와 더불어 아이오와 경찰의 진행으로 법을 위반했을 때 대처 사항, 의

료보험 제도의 이용 등 생활 전반에 대한 오리엔테이션이 이어졌다. 나는 그 말들을 거의 알아들을 수 없었으므로 나눠준 안내 책자를 들여다보며 시간을 보냈다. 경찰은 야외에서 술을 마실 수 없다는 사실을 여러 번 주지시켰는데, 다들 그것이 마음에 들지 않는 모양인지 웅성댔다. 옆자리 작가가 나에게, 한국에서는 말도 안 되는 일이지, 라고 귓속말을 했다. 등장인물들이 대낮부터 술을 마셔대는 한국 영화를 보았다고 했다. 나는 어떤 영화인지 짐작이 되어 웃음이 났다.

★ 2015년 8월 25일 화요일

어제 저녁엔 IWP 디렉터인 크리스토퍼Cristopher Merrill의 집 안뜰에서 환영 파티가 있었다. 동네 주민들, 아이오와 대학의 교수들, IWP 스태프들이 두루 모였다. 나는 공식적인 첫인사 자리라는 생각에 성장을 하고 하이힐을 신었는데, 날이 정말 추웠다. 흰색 간이 천막이 바람에 펄럭였다. 잔디밭이라 땅이 질었다. 구두 굽이 흙에 박혀 몇 번인가 엉덩방아를 찧을 뻔했다.

아이오와 대학 내 한국어학당인 세종학당의 교수 부부가 찾아와 한자리에 앉았다. 나는 초면인 그들에게 나의 비천한 영어 능력을 한탄하며 맥주만 마셔댔다. 긴장을 하면 술을 마셔 극복해보려는 습관 탓이었다. 그들이 돌아간 후, 아이오와 대학의 교수라는 백인 중년 여성과 짧은 이야기를 나누게 되었다.

그녀에게는 아들이 하나 있는데, 2년 전 한국으로 가 공학 공부를 시작했다는 것. 최근 졸업을 하고 울산의 상선 회사에 취직했다는 것. 얼마 전

그곳의 한국인 여성과 사랑에 빠져 결혼을 하고 싶다고 알려왔다는 것이었다. 그녀에게는 이 모든 정황이 걱정과 혼란을 안겨주는 것이었는데, 첫번째로 그녀는 어째서 자신의 아들이 한국까지 가 공학 공부를 하고 들어본 적도 없는 지방에서 일자리를 얻었는지 이해하지 못했다. 나는 상선 회사에 대해 잘 알지 못하지만 예의상 어느 상선 회사라고요? 라고 물었다. 여자가 무어라 대답했지만 들어본 적 없는 이름이었다. 나는 조금 주춤대다가 분명히 좋은 회사일 테니 걱정 말라고 했다. 그녀는 곧, 아들이 한국인 여성과 사랑에 빠지고 결혼을 하려 한다는 점 역시 놀라운 일이라고 덧붙였다. 여자는 말했다. 그 아이는 정말로, 미국식 문화에서 자란 아이거든요. 무슨 말인지 이해하죠?

나는 그녀가 자신의 아들이 매우 미국적이라는 말을 할 때, 망설여지지만 이보다 적확한 표현을 찾을 수 없어 내뱉는다는 식의 겸연쩍은 미소를 보았다. 그녀는 자신의 아들이 타국에서 느낄 불편과 고독을 걱정하면서도, 자신이 주었던 모국의 정서적 · 문화적 혜택들을 내려놓은 것에 대한 당혹과 서운함을 동시에 느끼고 있는 것 같았다.

그녀와 나는 감정이라는 것이 어떻게 삶을 예기치 못한 방향으로 이끄는지 늘 새롭게 깨닫는다는 식의 두루뭉술한 결론으로 대화를 마무리지었다.

★ 2015년 8월 26일 수요일

아이오와에 온 지 3일이 지나서야 홀로 거리를 걸어볼 수 있는 시간이 생겼다. 이곳의 길은 갓 만들어진 듯 반듯하고 깨끗하다. 단정히 구획되어 있고 쓰레기 하나 볼 수 없다. 어떠한 냄새도 나지 않는다.

올해 초 파리로 보름간 짧은 여행을 떠났을 때였다. 공항에 도착하는 순간부터 어떤 냄새가 코를 괴롭혔다. 나는 뤼 드 박Rue du Bac에 위치한 아파트를 빌렸는데, 집주인이 집을 비우는 기간 동안 지내기로 한 터라 세간이 고스란히 남아 있었다. 아파트는 퍽 근사했다. 그런데 집에 들어서니 공항에서부터 희미하게 따라다니던 그 냄새가 진동하는 것을 느꼈다. 오래된 나무 냄새, 실제 습도와는 무관한, 축축한 느낌을 주는 곰팡내, 계피와 유사한 맵싸한 향신료 냄새가 뒤섞인 복잡하고 불편한, 악취에 가까운 냄새였으나 다른 누구도 그것을 느끼지 못했다. 나는 곧, 8년 전 이 도시에서 1년이 넘도록 체류하면서도 끝끝내 적응하지 못했던 바로 그 냄새라는 사실을 기억해냈다. 타지에 있다는 사실을 매일 잊지 않도록, 한순간도 완전한 안온함을 느낄 수 없도록, 긴장과 이질감 사이에 머물도록

만들었던 내밀한 냄새였던 것이다. 나는 그것이 기실 심리적 부침일 뿐인지도 모른다고 생각하지만 그후 종종 방문한 도시에 대해 형용할 때 냄새가 난다, 냄새가 나지 않는다, 고 말하는 버릇이 생겼다.

싱그럽고 건강해 보이는 나무들이 도열한 길을 따라 걷는다. 작은 잔디가 있어 토끼들이 풀을 뜯는다. 도로를 바삐 건너는 다람쥐도 있다. 마을은 무척 작아 시내를 둘러보는 데 30분이면 충분하다. 곳곳에 도서관과 소규모 서점들이 있다. 두어 개의 카페를 눈으로 점찍어둔다. 공기는 깨끗하고 날은 맑다.

★ 2015년 8월 27일 목요일

1

어제 맥주를 마셨음에도 불구하고 오늘도 숙면하는 데 실패했다. 일주일 가까이 두세 시간씩 쪽잠을 자고 있다. 시차 탓이다. 새벽 3시에 눈을 떠 침대에서 내내 뒤척이다 8시 30분쯤 잠자기를 포기하고 자리에서 일어났다. 입에서 단내가 났다.

아침 일찍 J-1비자에 관한 오리엔테이션이 있었다. 생활에 관한 각종 오리엔테이션들이 일주일 내내 이어지고 있었다. 2개월 18일을 머무는데 어째서 교환 학생 비자가 필요하고 은행 계좌에 사회보장번호까지 받아야 하는지 이해하기 어려웠지만, 다 이유가 있겠거니 싶었다.

10시쯤 교육을 마치고 웬잉과 마카오에서 온 야오Yao Feng, 사우디아라비아에서 온 라엣Raed Anis Al-Jishi과 커피를 마시러 갔다. 라엣은 고등학교 화학 선생과 시인을 겸업하고 있다. 그는 말하기를 무척 즐기는 타입으로, 내버려두면 혼자 두세 시간은 거뜬히 말할 수 있는 사람 같았다. 라엣의 이야기는 고향의 미풍양속으로 시작해 심각한 빈부 격차와 계급 차별, ISIS의 심각성으로 이어졌다. 나는 독특한 억양과 발음 때문에 두 눈을 크게 뜨고 그의 말을 이해하려 애썼지만 절반은 놓친 것 같았다. 라엣은 구글을 뒤져 고향 사진 몇 장을 보여주었다. 그는 페르시아 만 연안의 소도시, 알 카티프에서 왔다.

한 시간가량이 지나자 피곤해서 기절할 것 같았다. 어서 들어가 쉬고 싶어 나는 웬잉에게 밥을 먹으러 가자는 눈치를 주었다. 우리는 결국 11시 반이 넘어서야 마카오 시인의 추천으로 쇼핑몰 내의 중국 식당으로 갔다. 영어 메뉴가 없어 웬잉의 도움으로 밥과 소고기를 시켰다. 우리 모두 밥과 소고기, 혹은 밥과 닭튀김을 먹는 가운데 라엣이 자신은 채식주의자라며 소스를 뺀 야채국수볶음을 주문했다. 삶은 면 위에 생파프리카 몇 개와 양상추가 엉성하게 올라간, 전혀 식욕이 느껴지지 않는 요리였다. 약간의 시간이 지나자 두꺼운 면들이 서로 달라붙어 떡이 되어가는 것 같았다. 나는 계속 괜찮은지 물었지만, 라엣은 무언가 잘못되었다고는 전혀 생각하지 않는 눈치였다.

밥과 함께 차를 마시는 우리를 보고는 라엣이 갑자기 젓가락질을 멈추게 하더니 밥과 차를 함께 하면 안 된다고 주장하기 시작했다. 라엣은 화학 선생인 자신을 믿으라면서, 유트브 동영상 하나를 찾아 틀어주었다. 동영상에선 아랍 전통 복식을 한 남자가 고기의 철분이 차의 성분과 만났을 때 어떻게 되는지를 설명하고 있었다. 그는 철분제에 차를 부어 단단하게 굳는 모습과, 그 위에 다시 오렌지 주스를 부어 완전히 분해되는 과정을 보여주었다. 내가, 그럼 고기를 먹고 차를 마시고 오렌지 주스를 먹으면 되겠네, 라고 말하자, 라엣은 고기를 먹고 차 대신 오렌지 주스를 마시는 게 더 좋지, 라고 답했다. 야오와 웬잉은 라엣의 길고 장황한 설명에도 굴하지 않고 차를 홀짝댔다. 내가 두 문화권 사이에서 차를 마셔야 할지 말아야 할지를 두고 눈치를 보는 사이, 라엣이 야오에게 젓가락질하는 자신의 모습을 찍어달라며 휴대폰을 건넸다. 젓가락으로 국수를 집어 올리는 척하는 사진을 찍은 후 라엣은 바로 포크로 바꿔 들었다. 라엣은 요즘엔 사원에서도 한 손으로 기도를 하고 다른 손으론 셀카를 찍는 사람도 볼 수 있다며 흉내를 내보였다.

2

오후엔 나타사Natasa Durovicova와 개인 면담이 있었다. 나타사는 아이오와 대학의 영화과 교수로, IWP의 공식 행사들의 조정과 관리를 맡고 있다. 그녀는 일주일에 걸쳐 하루에 대여섯의 작가들을 30분가량 만나 스케줄을 조정하고 있었다. IWP 참여가 결정된 이후 출발 한 달여 전부터 메일을 통해 미리 의사를 물어 일정이 이미 나와 있는 상태였고, 세부적인 사항을 조정하기 위한 면담인 듯했다.

모든 작가들이 이곳에서 필수적으로 치러야 하는 행사는 세 가지로, 낭독회, 토론회, 짧은 강연이었다. 부수적인 프로그램으로는 영화 상영, 연극 협업, 번역 워크숍, 아이오와 북 페스티벌의 참여 등등이 있는데 의무는 아니었지만, 무엇이든 하나는 참여하길 원하는 눈치였다. 나는 아이오와 대학 무용과 대학원생들과의 협업을 신청했지만, 그것이 정확히 무엇을 어떻게 해야 하는지는 알지 못했다.

방에 들어서자 나타사는 먼저 내 이름의 영문 표기법에 관해 말을 꺼냈다. Eugene이라는 이름이 서양에서 광범위하게 쓰이는 전통적 남성 이름이라는 것이 문제였다. 나는 이미 오래전 곤혹을 치른 바가 있었으므로, 그 문제에 대해 잘 알고 있었다. 이를테면 어떤 사람에게는 독특해 보일 수도 있지만, 다른 이에게는 부자연스럽게 느껴진다는 것. 파리에 체류하며 잠시 어학원엘 다닌 적이 있었는데, 프랑스에는 Eugene의 여성형인 Eugénie라는 이름이 따로 있어, 더 문제가 되었다. 굳이 노력을 기울여 한 학기 내내 Eugénie로 고쳐 부르는 선생이 있을 정도였다. 19세기에 나온 발자크의 외제니 그랑데의 그 외제니로 말이다.

나는 사소한 불편이 예상되어 Yu-jin과 Eugene 중 여권과 동일한 영문 이름을 알려준 것을 조금 후회했다. 이 이름은, 그야말로 의견이 분분한, 해결되지 않는 골칫거리 같은 것이었다. 나타사가 제안한 방식은 Eu와 Gene을 떼어놓는 것이었다. 약간의 변형으로 그 형태를 유지하면서 이름에 대한 선입견을 비껴가자는 것. 어딘가 애매하게 느껴졌지만 골치가 아파져 그렇게 하겠노라 말했다.

★ 2015년 8월 28일 금요일

어제 누군가의 추천으로 멜라토닌을 복용한 덕분인지, 여덟 시간 정도 잘 수 있었다. 아침 8시쯤 잠에서 깨어났지만 정신이 몽롱하고 몸이 무거웠다. 불현듯 금, 토, 일, 월요일 중 하루에 하우스키퍼가 방을 정리하러 올 것이라는 호텔 이용 안내문이 떠올랐다. 정확히 언제인지 몇 시쯤 오는지 알 수 없었기 때문에 다급하게 침대를 벗어났다. 세수와 양치질을 하고 허겁지겁 요거트로 끼니를 때웠다. 누군가 불시에 방문을 두드릴 것이라 생각하니 긴장이 되었다. 다 먹은 요거트 컵을 쓰레기통에 넣었을 때, 하우스키퍼가 방문을 두드렸다. 나는 1분만, 이라고 속삭이며 혼비백산한 사람처럼 짐을 꾸려 방을 나섰다. 호텔 로비를 나서며 휴대폰으로 시간을 확인했다. 9시 20분이었다.

부슬비가 내렸다. 호텔 뒤편 아이오와 강가를 잠시 거닐었다. 물은 흐리고 연한 녹색을 띠었다. 수면에 기름띠 같은 물주름이 졌다. 입자가 고운 비가 산발적으로 흩날려 짙은 안개 속에 있는 듯한 기분이 들었다. 스웨터의 미세한 보풀 위로 물방울들이 알알이 맺혔다.

나는 일전에 보아둔 카페로 발을 돌렸다. 뜨거운 커피 한 잔을 샀다. 허기가 들어 진열대의 머핀과 파운드케이크들을 기웃거리자, 음료를 주문하던 한 남자가 이곳의 바나나빵이 무척 맛있노라 말했다. 나는 바나나빵을 샀다. 그의 말대로 무척 맛이 좋았다.

문득, 전에는 느끼지 못했던 생경한 기분이 든다. 이 많은 사람들 중에서 한국어를 할 수 있는 사람이 나 하나뿐이라는 사실에 고립감이 든다.

오후 번역 워크숍의 오리엔테이션이 끝나고 작은 파티가 있었다. 이곳은 소규모 파티가 너무 많아 주체가 누구이고 무엇을 위한 것인지 일일이 알기가 쉽지 않다. 우리는 스태프를 따라, 혹은 무리를 따라 이리저리 이동했다. 때때로 이동중 길이 엇갈리거나 무리에서 떨어져나가기도 했지만, 크게 상관은 없었다. 마을은 아주 작고, 남은 날들은 충분히 많았다.

작은 정원에서 맥주를 마시다 우연히 야엘Yael Neeman과 이야기를 나누게 되었다. 야엘은 이스라엘에서 온 소설가로, 나는 호텔에 도착한 첫날 트렁크를 끌고 복도를 지나면서 호텔 담당자인 나자렛Mary Nasahret과 이야기를 나누는 그녀를 보았었다. 야엘은 공항 수화물 컨베이어 벨트에서 누군가와 짐이 바뀌어 당황스러워 하고 있었다. 익숙한 트렁크를 여는 순간 낯선 옷가지들과 마주했을 때의 황당함을 말했다. 야엘은 수소문 끝에 자신의 가방을 들고 간 사람이 필라델피아로 갔다는 사실을 알았다. 입고 있는 얇은 반팔 티와 비슷한 두께의 카디건 하나가 가진 옷의 전부라고, 한숨을 쉬었다.

야엘이 나에게 이곳에서의 생활이 어떠한가를 물었다. 적지 않은 나이가 느껴지는, 느리고 나직한 목소리다. 요즘은 서로가 인사처럼 같은 질문을 하곤 한다. 누군가는 재미있다고 말하고, 누군가는 잠을 잘 자지 못한다고 말한다. 아이가 있는 사람들은 벌써 아이가 보고 싶다고도 말한다. 나는 영어 때문에 매일 긴장한 채로 지내게 된다고 말했다. 낯선 말이 모든 상황을 더욱 낯설게 만든다고 했다.

그리고 우리는 수영장에 대해 이야기했다. 호텔과 멀지 않은 곳에 근사한 스포츠 센터가 있다고 했다. 야엘은 수영을 좋아해 미리 수영복도 챙겨왔다고(지금은 필라델피아에 있지만) 덧붙였다. 나는 간신히 물에 뜨는 정도지만 괜찮다면 꼭 가고 싶다고 말했다. 네가 수영복을 구하면 꼭 같이 가자. 야엘이 부드럽게 웃었다. 이미 해가 져 서로의 얼굴이 잘 보이지 않게 되어 우리는 호텔로 돌아왔다.

★ 2015년 8월 29일 토요일

오늘은 정말로, 아무것도 하지 말자고 스스로에게 약속했다. 외부 일정도 없었다. 멜라토닌 때문인지 거의 취한 상태로 온종일 밀린 잠을 잤다. 12시에 잠깐 눈을 떠 요기를 하고 두어시쯤 다시 잠을 청하려 할 때, 웬잉에게 전화가 왔다. 함께 저녁을 먹기로 했다.

웬잉과의 오붓한 저녁식사를 예상했지만 막상 로비로 내려가니 무려 다섯 명의 사람들이 모여 있었다. 나는 잠이 덜 깬 상태로 무리를 따랐다. 왁자지껄한 목소리들, 서로 다른 억양, 노력을 해야 간신히 알아들을 수 있는 낯선 말들 때문에 곧 피로해졌다.

우리는 퍽 고급스러운 분위기의 일식집에 도착했다. 그러나 상호가 대만의 한 섬의 이름이라는 사실이 웬잉의 입에서 나왔을 때부터 식당의 정체성에 의심이 가기 시작했다. 나는 가장 무난한 야키소바를 시켰다. 국수 위에 고수 잎이 잔뜩 올려져 있었다. 야키소바에 원래 고수가 들어갔었나. 고개가 갸웃했다.

결과적으로 요리는 미진했으나 가격은 만만치 않았다. 각자 계산을 하고 나왔을 때 미얀마에서 온 시인이 이곳 국수 한 그릇 가격이면 미얀마에서 열 끼를 사 먹을 수 있다고 말했다. 나는 그것이 오늘 저녁식사를 통틀어 가장 인상 깊은 한마디라고 생각했다.

★ 2015년 8월 30일 일요일

오늘은 조금 이상한 날이었다.

4시에 첫 낭독회가 있었다. 2시에 노트북을 챙겨들고 밖으로 나갔다. 낭독회는 프레리 라이츠Prairie lights 서점 2층과 샘보우 하우스Shambaugh House에서 절반씩 나눠 열린다. 오늘은 서점에서 열릴 예정이어서 미리 나가 근처 카페에서 작업을 할 심산이었다. 잠도 충분히 잤고 컨디션도 나쁘지 않았다. 오늘은 무엇이든 쓸 수 있을 것 같았다. 아직 지리가 어두워 구글맵을 켜고 길을 걷고 있을 때, 세 명의 작가 무리와 마주쳤다. 캄보디아에서 온 젊은 영화감독 폴린Polen Ly, 토고에서 온 시인 아나스Anas Atakora, 그리고 라엣이었다.

내가 카페에 가는 중이라고 하자, 폴린이 점심 먹었느냐고 물었다. 그제야 나는 아침도 점심도 먹지 않았다는 사실을 깨달았다. 어물대는 사이, 어느새 그들과 낭독회가 열리는 책방 근처 자바 커피숍으로 발을 옮기고 있었다. 나는 크램차우더 수프를 시키고 나머지 셋은 작은 샌드위치와 커피를 마시며 시간을 보냈다. 대화 사이사이 가방 속 노트북을 떠올리며 낭독회가 끝난 후 일을 하러 가야겠다고 생각했다.

오늘의 낭독은 카렌Karen Villeda과 터키에서 온 비귈Birgul Oguz, 그리고 지역 문인 한 명으로, 각각 15분에서 20분씩 작품을 읽었다. 강연도, 질의응답도 없는 단순하고 명료한, 그야말로 순수한 낭독회였다. 나는 그런 낭독회를 본 적이 없어 낯설고도 허전한 기분이 들었다. 소설의 경우 작품의 전체가 아닌 A4용지 두어 장 분량의 발췌본만을 읽어서는 작품의 인상을 파악하는 것 외에는 무용하다는 생각이 들었기 때문이다. 영어로 번역된 작품이 있는 작가들도 더러 있지만, 대부분은 생소한 얼굴들일 것이다. 단지 작가의 얼굴을 직접 보고, 그의 목소리로 작품의 행간이 어떻게 구분되어지는지 정도의 소박한 기쁨을 누릴 수 있을 것이다. 마치 영화 예고편을 보기 위해 한 층 가득 사람들이 자리를 잡은 것 같아 놀랍게 느껴졌다.

낭독회가 끝나고 노트북이 든 가방을 들고 일을 하러 나가는데, 인도에서 온 소설가가 다 같이 맥주를 마시러 갈 것이라며 붙잡았다. 나는 일을 하러 가야 한다는 마음과 시원한 맥주 한잔 사이에서 잠시 갈등하다, 결국 맥주를 마시러 따라갔다. 브래드가든 마켓의 노천에 앉아 로제 와인과 스파클링 와인, 맥주 한 병을 차례로 마셨고, 조금 취한 상태로 허기가 느껴져 저녁을 먹으러 가는 데까지 따라갔다. 10여 분을 걷자 작은 중동 음식점이 나왔다. 신선한 야채와 후무스, 양고기와 피타를 먹었다. 이미 9시가 지나 있었다. 이쯤 되니 도대체 왜 노트북을 들고 나온 것인지 의문이

들지 않을 수 없었다. 마치 양심의 돌덩이를 어깨에 멘 기분이었다.

밥을 먹고 호텔로 돌아온 우리는 기어코 3층의 공동 응접실에서 3차를 했다. 작가들이 자신의 방에 모셔두었던 양주를 가지고 나왔다. 이름을 들어본 적 없는 양주들이 테이블 위에 빼곡히 놓였다. 호화로운 술판이었다. 술은 향기로웠다. 스리랑카에서 온 스물다섯의 젊은 소설가가 노트북을 가지고 나와 유튜브를 뒤져 각국의 유행가들을 틀어댔다.

방으로 돌아오자 11시였다. 나는 꽤 취했다. 노트북은 여전히 가방 안에 있었다.

★ 2015년 8월 31일 월요일

눈을 뜨니 정오다. 지난 일주일동안 시차 적응을 못해 뜬눈으로 밤을 지새운 것에 대한 보상이라도 하듯, 요즘은 한 번에 열두 시간씩 잠을 잔다. 자도 개운치가 않다. 나는 느지막이 일어나 얼마 전 정원에서 함께 맥주를 마셨던 이스라엘 소설가 야엘의 샘플 북을 들춰보았다. 장편소설의 첫 열 장 정도를 발췌한 것이었다. 그녀의 소설 『We were the future』는 이렇게 시작한다.

우리는 항상 우리 자신에 대해 이야기했다.

멈출 수 없이. 소리 내어. 내내. 때때로 시작도 하기 전에 지쳐버릴 때도 있었지만, 우리는 여전히 몇 시간 동안이나 이야기했다. 우리는 서로의 이야기를 집중해서 들었다. 서로의 이야기를 통해 매번 새로운 세목들을 배웠던 까닭이다. 심지어 몇 년이 지나서, 우리가 더이상 그곳에 없을지라도 말이다.

야엘의 장편소설은 "우리는"으로 시작한다. 나는 첫 문장의 주어인 '우리'가 주는 익숙함과 생경함에 대해 생각했다. 익숙함은 내가 자라온 환경의 말법이 그와 비슷하기 때문이고, 생경함은 소설 내에서 '우리'라는 집단적 주어, 혹은 집단적 화자가 주는 이질성 탓이다. 장편소설에서 1인칭 복수형 대명사를 그토록 잦게 쓰는 경우를 나는 많이 보지 못했던 것이다. 소설에서 복수형 주어를 쓰고 있다면, 아고타 크리스토프의 소설에서 그러하듯 분리의 운명을 피할 길 없다. 야엘의 소설은 '우리'로 시작해, '그들', 그리고 우리 속의 '나'로 수렴된다. 세 종류의 대명사는 어느 것을 대신해 넣어도 의미가 크게 다르지 않다. 나는 언제고 그들이 되고, 그들은 곧 우리이므로. 그것은 아마도 이 소설이 이스라엘의 생활 공동체인 키부츠에서의 경험을 다루고 있기 때문일 것이다. 그들은 성별과 무관하게 같은 공간에서 입고 먹고 일하고 자라난다. 동일한 시간을 소비한다. 이것은 소설의 첫 단락에 불과하므로 그들이 종국에 어떠한 운명을 맞이하는지 알 순 없다.

나는 '우리'라는 대명사를 쓸 때마다 느껴지는 일종의 상실감에 대해 생각했다. '우리'의 공동체적 안온함과 동시에 진정한 '우리'의 불가능함, 불가해성을 말이다.

간단히 저녁을 먹고 무작정 밖으로 나왔다. 산책을 하다 하이그라운드 카페로 들어갔다. 이곳에 오면 마음이 편안해진다. 아이오와가 아니라 한국의 여느 카페에 들어가 작업을 하던 때로 되돌아간 것만 같다. 모자가 달린 면 티셔츠를 입은 학생들이 노트북을 놓고 숙제를 한다. 누런 불빛이 따듯하다. 음악이 귀에 익다.

호텔 입구에서 아나스와 마주쳤다. 아나스는 하릴없이 주변을 어슬렁거리고 있었는데, 나를 보더니 혼자 어딜 다녀오느냐고 묻는다. 휴대폰을 꺼내 시간을 확인하자 10시가 가까워져 있었다. 나는 카페에 다녀왔다고 답했다. 홀로 어둠 속을 서성이면서 그는 적반하장 격으로 나에게 왜 혼자 카페에 갔느냐고 재차 묻는다. 그냥. 그 카페에 가면 왠지 한국으로 돌아간 것 같은 기분이 들어 마음이 편안해져. 거기 한국 직원이라도 있어? 아니 없어. 한국 음악 같은 게 나와? 아니 아니, 그런 게 아니라. 나는 내 말재간으론 설명할 길이 없어 이내 포기한다.

아나스는 첫 문장 쓰기의 어려움에 대해 이야기했다. 첫 문장을 쓰기까지 열흘이고 스무 날이고 걸리는 어려움에 대해 주절댔다. 나는 그 어려움을 잘 알고 있었으므로 가만히 고개를 끄덕였다. 아나스와 나는 모두가 비슷한 어려움을 느끼고 있을 것이라 자위했다.

★ 2015년 9월 1일 화요일

아무 말도 하고 싶지 않은 날이 있다. 몇 개의 불명확한 단어를 조합하여 간신히 의미만을 전달하는 상황이 이어지는 것이 불편하다. 그러면 이쯤에서, 영어가 모국어인 몇몇 작가들을 제외하고는 모두가 그래, 라고 위안할 수도 있으리라. 하지만 오늘은 그런 자위로도 마음이 잘 달래지지 않는다.

호텔은 온도와 습도가 매우 적절히 유지되고 있어 폭우가 쏟아지지 않는 한 바깥의 날씨를 알아채기 쉽지 않다. 내 방은 전망이 좋은 편이 아니라 창문을 거의 열지 않는 탓이다.

1시쯤 호텔을 나서 프레리 라이츠 서점으로 향했다. 날이 무척 더웠다. 아이오와에 막 도착했을 때만 해도 밤이면 꽤 쌀쌀해 트렁크에서 부랴부랴 스웨터들을 꺼내놓았는데 지금은 한여름 폭염 같다.

서점 신간 쪽을 둘러보던 중 낯익은 이름이 눈에 띄었다. 필립 글래스

Philip Glass의 자서전이다. 『Words without music』. 음악 없는 말. 무언가 Song without words를 뒤집은 것쯤 되는가 싶었다. 나는 필립 글래스에 대해, 특히 현대 음악가에 대해 거의 아는 것이 없었다. 그의 몇몇 작품을 알고 있는 것이 전부였지만 어쩐지 반가운 마음이 들었다.

필립 글래스의 이름을 기억하게 된 것은 첫 장편을 쓸 즈음이었다. 그해 여름, 소설을 쓸 때 들을 만한 음악을 찾아 아르보 패르트Arvo Part의 음반을 기웃거리고 있었다. 나는 좀더 간소한 악기로 편곡된 버전을 찾고 있어 여러 음반을 마구잡이로 틀고 있었는데, 우연히 음반 후반부에 함께 실린 글래스의 현악 사중주를 듣게 되었다. 역설적이게도 그것은 내가 원하는 것과는 정반대인 장대한 규모의 현악 오케스트라 연주 버전이었지만, 나는 그 곡이 무척 마음에 들었다. 단순한 화음, 절제된 음계와 특정 리듬의 잦은 반복, 반복 속 점진적 진행, 절정이 없는 상태의 급작스러운 결말, 그 모든 것이 격전 직전과 같은 긴장감을 주었다.

서점 대각선 방향에 자리잡은 자바 카페의 노천에 짐을 풀었다. 날이 무척 더웠지만 핫초콜릿을 시켰다. 오늘은 주변 환경에 대한 반항심이 사라지지 않는 날인가보다.

자서전은 쉽고 편안한 말들로 쓰였다. 그는 2남 1녀 중 막내로 태어났다. 어머니는 공립고등학교 도서관 사서였고, 아버지는 레코드 가게를 운영했다. 그는 음악가 집안에서 자라지도, 어릴 때부터 특별한 재능을 보여 리사이틀을 연 적도 없었다. 그는 바이올린을 배우다 플루트를 배웠다. 시카고에서 대학을 졸업한 후 뉴욕으로 가 진짜 음악가로서의 인생을 살기로 결심했다. 사실 작곡을 전공하고 싶었지만 그나마 잘하는 게 플루트라 플루트로 줄리어드 음대의 오디션을 보았다고 했다. 플루트에 큰 열정이 없음을 간파한 심사위원의 충고로 필립 글래스는 줄리어드 음대의 평생교육원에서 1년간 작곡 공부를 하기로 한다. 그러나 돈이 문제였으므로 그는 고향 부근의 철강 회사에서 검수원 알바를 하며 돈을 모았다.

나는 그가 특별하지 않은 집안에서 느리고 천천히 재능을 발견한 것이 마음에 들었다. 그의 집안에서 음악가라고는 호텔을 전전하는 떠돌이 드러머 삼촌뿐이었다. 그는 레코드 가게를 하는 아버지 덕에 일찍이 다양한 음악을 접할 수 있었겠지만, 사실 그의 아버지는 자동차 정비 일을 했다. 어쩌다보니 부업으로 레코드를 조금씩 갖다놓고 팔았는데, 또 어쩌다보니 많은 사람들이 음반을 사러 들러, 자연스레 레코드 가게로 업종 변경을 하게 된 것이었다. 이 모든 사소한 사건들을 주목할 만한 음악가 탄생의 전조로 포장할 수도 있었겠지만, 필립 글래스는 그러한 종류의 사람은 아닌 것 같았다. 그는 단지 자신이 좋아했던 음악과 좋아하게 될 음악에 대해 평생에 걸쳐 만난 사람들에 대해 말했다. 음악이 인생의 전부라거나 운명처럼 음악이 자신에게로 왔다는 식의 장황한 수사를 쓰진 않았다. 그러한 담백함이 나는 더 좋았다.

★ 2015년 9월 2일 수요일

더운 날들이 이어지고 있다.

저녁에 더 밀The mille이라는 이름의 재즈 바에서 노르웨이에서 온 제니 호발Jenny Hval의 공연이 있어 느지막이 숙소를 나섰다. 공연을 추천한 것은 브라질에서 온 소설가 안토니오Antonio Xerxenesky였다. 안토니오는 브라질의 최신 유행이 스칸디나비안 뮤직이라고 말했지만, 사실 자신이 제니 호발의 굉장한 팬 같았다. 그는 제니 호발의 첫 앨범 표지가 인쇄된 반팔 티셔츠도 입고 왔다. 나와 안토니오, 유메이Yu-Mei Balasingamchow, 마리Marie Silkberg, 핀란드에서 온 아키Aki Salmela는 무대가 정면에서 보이는 탁자에 자리를 잡고 맥주를 마셨다.

제니 호발은 붉은색의 풍성한 고수머리 가발을 쓰고, 벨벳 운동복을 위아래로 걸치고 나왔다. 낮고 몽환적인 음색, 읊조리는 듯한 단조로운 음계, 큰 키에 천천히 박자를 타는 몸짓이 인상적이었다. 나는 가사를 거의 알아듣지 못했지만, 공연 말미에 운동복과 가발을 벗어버리고 짧은 숏커

트 머리, 검은색 레오타드만을 걸친 마르고 앙상한 몸을 드러내는 것을 보고 여성성에 대한 고정관념의 환기에 중점을 둔 일종의 퍼포먼스일 것이라 짐작했다.

그런데 노래가 두어 곡 지났을 무렵부터 여성 관객 두 명이 무대와 객석 사이의 빈 공간으로 나와 춤을 추기 시작했다. 그들의 춤은 공연 내내 이어졌는데, 오붓한 블루스 정도였던 것이 시간이 지나자 격렬한 율동으로 바뀌어갔다. 관객이 음악에 심취해 함께 춤을 추는 것이 이곳에선 자연스러운 일인 듯 보였다. 하지만 무대와 객석의 사이가 상당히 가깝고 무대의 높이도 낮아 두 여자의 춤사위와 그뒤에서 나름의 의미를 전달하는 퍼포먼스를 선보이는 제니 흐발 둘 중 어디를 보아야 할지 알 수 없게 되어버렸다. 두 관객의 춤은 현대 무용의 형식을 띤 자유분방하고 큰 규모의 흐느적거림으로 자아도취에 찬 비련의 여주인공이 음악에 몸을 내맡기며 벌이는 한풀이처럼 보였고, 가수의 율동보다도 화려하고 주목도가 높아 나는 웃겨서 고개를 들 수가 없을 지경이었다. 그러나 서양 공연문화에 익숙지 않은 나의 촌스러움 탓인 것 같아 누구에게도 말하진 못했다.

자정이 다 되어 우리는 터덜터덜 호텔로 발길을 돌렸다. 아키는 어느새 사라지고 없었다. 맥주를 꽤 많이 마셔 피로했다. 안토니오가 작은 목소리로 말했다. 나는 춤추는 거 싫더라. 나는 뒤에서 크게 고개를 끄덕이며 걸었다.

★ 2015년 9월 3일 목요일

한국 음식이 먹고 싶다는 폴린의 성화에 못 이겨 한국 식당엘 갔다. 그곳은 아이오와에서 문전성시를 이루는 밥집 중 하나였는데, 오전 11시 30분부터 낮 2시까지만 영업을 했다. 저녁엔 문을 열지 않았고, 주말에도 문을 닫는다고 했다. 도서관 이용을 위해 학생증을 만든 후 유메이와 안토니오, 비얌바 그리고 폴린과 식당 앞에 줄을 섰다. 식당은 쇼핑센터 내에 있었는데 음식을 주문하면 알람이 울리는 버저를 주고, 알람이 울리면 음식이 든 쟁반을 받아 센터 내 라운지에 광범위하게 놓인 테이블 어디든 자리를 잡으면 되는 것이었다. 라운지 내 거의 모든 테이블의 사람들이 이곳의 음식을 먹는 것처럼 보일 정도로 식당은 성황중이었다. 우연히 마주친 파키스탄에서 온 작가가 인도 음식을 먹으러 간다고 하자 비얌바는 밥 먹는 데 줄까지 서고 싶진 않다며 그와 함께 사라져버렸다.

비얌바는 내가 미국에 도착해 첫번째로 만난 작가였다. 시카고에서 비행기를 놓치고 호텔 숙박 할인 티켓을 받고 물러나야 했을 때, 그는 내 바로 뒤에 서 있었다. 나는 미리 숙지한 프로필 사진 덕에 단번에 그의 얼굴을 알아보았다. 반가운 마음에 대뜸 IWP에 참가하러 오지 않았느냐고 묻자 그는 약간 놀란 듯하더니 고개를 끄덕여 보였다. 비얌바는 시더래피즈로 향하는 마지막 비행기를 타기로 되어 있었고, 나는 혹시 모를 가능성을 위해 마지막 비행기를 기다려야 했다.

비행기를 기다리는 동안 우리는 게이트 근처 커피숍에서 커피를 마셨다. 비얌바는 이미 몇 차례 부산국제영화제에 초대를 받아 한국이 익숙한 듯했다. 그는 결이 무척 좋은 생머리를 지녔고, 수영하길 좋아하는데, 눈은 나쁘다고 했다. 술과 담배를 즐기고, 스스로 게으른 편이라고 말했다. 그는 몽골인에 대한 태곳적 편견에 거의 정반대에 서 있는 사람이었다.

탑승 시간이 다가오자 게이트 주변으로 낯익은 얼굴들이 하나둘 보이기 시작했다. 우리는 게이트 근처 좌석으로 자리를 옮겨 탑승객들 사이에 숨어 있는 IWP 참가 작가들을 가려냈다. 저자는 핀란드 작가다, 저자는 러시안 소설가다, 라고 말하며 눈을 게슴츠레 떠보았다. 결국 공석이 없었으므로 나는 공항에 남고 그는 비행기에 올랐다.

20여 분을 기다려 우리 차례가 왔다. 안토니오는 비빔밥을, 유메이는 김치제육을, 나와 폴린은 제육불고기를 먹었다. 우리 뒤에 줄을 서 있던 중년 여성과 합석했는데, 그녀는 뚝배기에 담긴 절절 끓는 순두부찌개에 밥 한 공기를 통째로 말아 훌훌 마셨다. 내가 맵지 않느냐고 묻자 자신은 인도에서 왔노라 답했다.

★ 2015년 9월 4일 금요일

오늘은 하우스키퍼가 오는 날이기 때문에 9시가 되기 전 미리 집을 나서리라 다짐했지만, 어제 새벽 4시까지 잠을 이루지 못한 관계로 도저히 침대를 벗어날 수 없었다. 아이오와 하우스 호텔의 방 청소는 이곳의 대학생들이 한다. 일종의 근로 장학생 같다. 나는 정시에 방을 찾아온 학생에게 한 시간만 여유를 달라고 말했다. 좀더 눈을 붙이려 침대에 누웠지만, 한 시간 후 다시 들릴 노크 소리를 생각하니 긴장되어 잠이 오지 않았다. 간단히 요거트와 커피를 마시고 나갈 채비를 했다.

어제 만든 학생증은 발급 24시간 이후부터 사용이 가능하다고 했는데, 마침 24시간이 지났다. 얼마 전 마리가 추천해준 책이 생각났다. 마리는 스웨덴에서 온 시인으로, 뉴질랜드에서 온 작가의 생일 파티에서 함께 술을 마시며 알게 되었다. 나는 그보다 앞서 마리의 시를 읽고 무척 마음에 들었던 터라 술김에 시가 좋다고 고백 아닌 고백을 했었다. 우리는 자연스레 가까워져 자주 함께 이야기를 나눴는데, 마리는 그때마다 듣도 보도 못한 작가들의 작품을 소리 높여 추천하곤 했다. 나는 그녀의 추천 목록

중 가장 상위에 올라 있는 차학경의 책을 빌리러 도서관으로 향했다. 테레사 차로 외국에 알려진 그녀의 이름을 얼핏 들어본 적은 있지만, 작품을 보진 못했었다. 그녀는 나이 서른에 뉴욕에서 불시에 사망했다. 책 제목은 『받아쓰기Dictee』. 영어와 불어가 혼재되어 쓰였다고 했다. 그러나 도서관에 있던 세 권의 책은 모두 대출중이었다.

오늘은 첫번째 패널 디스커션이 있는 날이다. 서너 명으로 구성된 토론자가 정해진 주제에 맞추어 준비한 A4용지 두어 장 분량의 산문을 읽고, 관객과 질의응답의 형식으로 진행되는 한 시간 남짓의 토론회였다. 매주 금요일 12시에 열린다.

첫 주제는 분쟁이 자신의 문학에 어떠한 영향을 끼치는가, 였다. 파키스탄, 나이지리아, 이스라엘의 작가가 참여했다. 세 나라 모두 주변국과의 분쟁, 내전중인 나라다.

나는 야엘의 글이 자못 궁금했다. 그녀는 키부츠에서 자랐다. 동시에 다른 나라 사람들이 이스라엘을 어떤 시각으로 바라보는지도 잘 알고 있었다. 야엘은 그에, '방안의 코끼리와 나The elephant in the room and me'라는 제목으로 답했다. 그것은 너무도 중요한, 풀리지 않는 난제이면서 동시에 말하기 꺼려지는, 회피하고 싶은 주제란 뜻이리라. 야엘은 이스라엘의 영토 점령에 반대하는 자신의 정치적 신념, 점령 국민으로서의 이율배반, 그로 인한 부끄러움과 아우슈비츠에서 대부분의 친척을 잃고 혈혈단신 이

스라엘로 도망쳐 온 비극적인 가족사 사이에서 어떤 고통을 느끼고 있는 것 같았다.

일정이 끝난 후 밤 8시, 작가들이 공용 응접실에 모였다. 누군가 자유로운 낭독회를 열자고 했다. 가만히 보고만 있으려 했지만 결국 모두가 낭독을 하게 되어 나도 시 한 편을 골라 한국어로 읽고 간단히 내용을 소개했다. 누군가는 암송을 하고, 누군가는 노래를 불렀다. 술을 조금 마시고 어떤 나라가 다른 나라를 침략하고, 너희 나라 군인들이 민간인을 살해하고, 우리의 어머니들을 유린하였으니 결과적으로 너와 나는 피를 나눈 사촌 지간일 것이라는 농담에 이르러 나는 국제 분쟁이 개인과 개인 사이에서 어떻게 농담의 형식으로 사소한 화해를 이루며 또한 곤혹스러움으로 잔존하는가를 볼 수 있었다.

★ 2015년 9월 5일 토요일

낮에 프레리 라이츠 책방에 들러 제임스를 만났다. 다가오는 낭독회와 발표 등에 대해 이야기하기 위해서였다. 제임스는 한국계 미국인으로, 대학원생이면서 IWP의 스태프로 일하고 있다. 이미 단편 하나를 지면에 발표한 신인 작가이기도 했다. 한국계이긴 하지만 한국어는 하지 못한다. 나는 몇 년 전 번역원 행사에 쓰인 등단작의 영역본과 출발 전 예술위에서 만들어준 소책자를 주었다. 단편 「여름」의 전문이 번역되어 실려 있는 것이었다. 두 단편의 시차는 10년이다. 제임스는 일단 단편을 읽고 연락을 주겠노라 했다.

풋볼 게임이 열리는 날이라 카페 안이 부산스러웠다. 일리노이와의 홈 경기가 열리는 날이란다. 거리 전체가 떠들썩했다. 아이오와가 가슴께에 인쇄된 노란색 티셔츠를 입은 젊은 무리가 고함을 지르며 지나간다. 나는 소란을 피해 빠르게 호텔로 돌아왔다.

밤이 되어 방을 나섰다. 때때로 호텔방이 너무 좁고 답답하게 느껴진다. 복도를 오가는 사람들의 발소리와 말소리가 아주 잘 들린다. 방엔 나 혼자이지만, 아늑함이 느껴지진 않는다. 밖에 나가고 싶지도, 방으로 돌아가고 싶지도 않아 1층 로비의 소파에 앉아 신문을 읽었다. 요즘은 부다페스트의 난민에 관한 문제가 연일 1면을 차지하고 있다. 어떤 나라는 받아주었다. 어떤 나라는 받아주지 않았다. 질서가 흔들린다. 걸어서라도 가겠노라. 사는 곳. 종교. 나는 각자의 머릿속에 자리잡은 관념의 코끼리를 떠올린다.

신문을 읽고 있자니 토요일 밤 하릴없이 서성이던 작가들의 얼굴이 하나둘 보인다. 아나스와 나이지리아에서 온 사무엘Samuel Kolawole은 술을 마시러 나간다고 했다. 오스트리아에서 온 소설가이자 비주얼아티스트인 테레사Teresa Praauer는 노트북을 들고 호텔 로비와 지하 카페를 몽유병 환자처럼 서성인다. 저녁을 먹고 피곤한 얼굴로 돌아온 안토니오도 잠시 이야기를 나누다 돌아갔다. 밤 산책을 나갔다 돌아온 폴린이 대뜸 저녁을 먹었느냐 묻는다. 내가 먹었다고 말하자 한껏 실망하더니 카메라를 꺼내 그간 찍은 사진을 보여주었다. 사진 하나하나를 넘길 때마다 고등학생들처럼 깔깔댔다. 백여 장이 넘었다. 폴린은 풀과 나무, 강과 하늘, 그림자를 아주 예쁘게 담는 재주가 있다. 사진 하나하나가 싱그럽다. 폴린은 스물여섯 살이다.

이유는 알 수 없지만, 로비를 지나던 카렌이 우리를 발견했다. 내일 셋이서 점심을 먹기로 약속했다.

★ 2015년 9월 6일 일요일

오늘은 마리의 낭독회가 있는 날이다. 나는 어떻게든 일찍 일어나 낭독회 전에 조금 의미 있는 일들을 해보고자 책상 앞에 앉아 무언가를 끄적였지만 역시 제대로 되지 않았다. 우선 눈을 뜨니 정오였고, 커피를 한잔 마시고 나니 1시에 가까워져 있었다. 한국에선 대체로 아침 7시 정도에 눈을 떠 11시까지 대부분의 일을 하곤 했는데, 이곳에선 뜻대로 되는 것이 없다.

폴린에게 메일이 와 있었다. 번역 워크숍에서 만난 번역가에게 생일 초대를 받았는데 그게 오늘 점심이라는 것을 깜박 잊었다는 것, 오늘의 점심 약속에 자신은 참석하기 어려울 것 같다는 내용이었다. 나는 그다지 살갑지 않은 카렌과 단둘이 점심을 먹는 일이 서로에게 어색할지도 모르겠다는 생각이 들었다. IWP에서 매주 이메일로 보내주는 공연 일정표를 보자 '선데이 피아노'라는 무료 피아노 연주회가 한 시간 후 올드 캐피털에서 열린다고 되어 있었다. 나는 밥을 먹는 것보다는 함께 공연을 보는 것이 좋을 것 같아 카렌의 방으로 갔다. 카렌은 마침 드라이어로 머리를 말리고 있었다. 내가 점심 대신 공연 관람이 어떻겠느냐 물었더니 자신은 방에서 간단히 식사를 하고 출발하겠노라 흔쾌히 응했다. 나는 먼저 공연장으로 갔다. 날이 맑고, 길은 한산했다.

연주회는 올드 캐피털 내 작은 홀에서 열렸다. 중앙에 그랜드 피아노 한 대, 50여 개의 좌석이 있었다. 공연 시작 5분 전 홍콩의 시인 매튜Matthew Cheng가 내 옆자리로 와 앉았다. 그가 저거 스타인웨이야, 라고 피아노를 가리키며 속삭였다. 그는 묻기도 전에 내 소소한 호기심을 눈치챈다. 매튜는 나와 동갑내기 시인이다.

연주는 아이오와 대학 출신의 젊은 연주자 셋. 아이오와 대학의 교수가 마지막 순번으로 연주했다. 베토벤, 리스트, 라흐마니노프를 쳤다. 첫 연주자는 실수가 너무 많아 스스로 연주를 망쳤다고 생각했는지 얼굴이 홍당무가 되어 나갔다. 연주는 갈수록 나아졌지만 무엇이 잘못되었는지 연주하는 내내 피아노에서 잡음이 났다. 카렌의 모습은 끝내 보이지 않았다.

낭독회를 앞둔 마리는 꽤 긴장해 보였다. 마리는 오십대로, 여러 권의 시집을 낸 중견 시인이지만 사람들 앞에 나서는 것은 언제나 긴장이 된다고 했다. 그녀는 북유럽인들이 그렇듯 유려한 영어를 구사했는데, 그럼에도 낭독할 영문 시를 읽고 또 읽었다. 내가 무엇이 걱정이냐 묻자, 모국어가 아닌 것의 한계에 대해 말했다. 모국어와 모국어가 아닌 것. 이 단순하고 엄정한 사실은 개개인의 능력과 무관하게 근본적으로 동일한 불편을 준다고, 마리는 설명했다.

마리의 낭독이 끝나고 우리는 브래드가든 마켓의 노천에 자리를 잡았다. 마리는 몇 편의 시를 영어로, 한 편의 시를 스웨덴어로 읽었다. 마리의 스웨덴어는 민요와 흡사한 규칙적인 억양과 리듬을 지니고 있었다. 오래된, 지금은 잘 쓰이지 않는 말의 느낌이 났다.

마리는 중동의 쏟아지는 폭탄들, 흰빛의 여름, 온 천지에 쌓인 눈, 전쟁, 침략, 이민자들, 추방자들, 죽는 것, 사는 것, 말해지지 않는 것을 읊었다. 그녀는 스톡홀름의 대학에서 10여 년간 학생들을 가르치다 어느 날 그만두었다. 그리고 이곳에 왔다.

★ 2015년 9월 7일 월요일

노동절이다. 행사가 없는 대신 근교의 강으로 소풍을 간다고 했다. 근처에 음식을 사 먹을 곳이 없기 때문에 미리 간단한 점심을 준비하라는 메일을 받아서 몇몇이 미리 만나 장을 보기로 했다. 야엘과 폴린, 마리, 카렌과 10시에 호텔 로비에서 만났다. 안토니오가 로비를 어슬렁거리며 커피가 마시고 싶다고 했다. 호텔 지하 편의점과 카페 모두 휴업이었다. 안토니오는 머리에 새집을 짓고 마트 부근까지 함께 걸어 커피숍으로 갔다. 햇볕이 너무 강해 죄지은 사람처럼 고개를 숙이고 걸었다.

마트로 가던 중 폴린과 마리가 바비큐를 하자고 했다. 가능한지 확실하지도 않은 상태임에도 그들은 일사천리로 새로운 메뉴를 구상했다. 간단한 샌드위치와 샐러드를 살 예정이었던 우리는 갑자기 소고기와 양파, 마늘, 파프리카, 각종 향신료를 사기 시작했다. 폴린이 가장 무거운 비닐봉지를 들었는데 너무 무거운지 손목이 부들부들 떨렸다. 폴린은 키가 180센티미터가 훌쩍 넘을 정도로 껑충하지만 팔목은 나만큼 가늘어 영 힘을 쓰지 못했다. 보기에 아슬아슬해 내가 짐을 나눠 들려 하자, 자신은 남자라

며 단번에 거절했다.

응접실에 식재료를 펼쳐두고, 폴린이 시키는 대로 고기를 깍두기 모양으로 썰어 간을 했다. 폴린이 계속 소금을 더 넣으라고 했는데 아무래도 내 생각엔 너무 짤 것 같아 주춤거리자 폴린이 단호한 말투로 말했다. 나만 믿어. 더 넣어. 계속 넣어. 나는, 나도 모르겠다는 심정으로 소금을 들이부었다.

비암바가 숯을 피워주어 강가에서 고기와 야채를 구울 수 있었다. 조안나는 수영복을 가져와 햇빛에 바스러지는 물을 가르며 수영을 했다. 몇몇이 부드러운 흙과 풀을 반가워하며 신발과 양말을 벗어던졌다. 나는 맨발바닥이 땅에 닿는 것에 두려움을 느끼는 편이라 하지 않았다. 내가 바라보고만 있자 비암바가 권했다. 해봐. 아주 기분이 좋아져. 나는 손사래를 치며 샤워 부스에 들어갈 때에도 깨금발로 들어간다고 말했다. 비암바는 이해하지 못하겠다는 눈치였다.

나는 금세 흙투성이가 되어 부산스레 움직이는 맨발들을 보았다. 젖은 흙과 표면에 날카로운 솜털이 돋아난 풀들, 작은 벌레들, 부서진 나뭇가지들이 산재한 땅이 있었다.

조금씩 피곤해진 우리를 태우고 버스는 사과 농장으로 향했다. 언덕 위로 빼곡한 사과나무를 따라 걸으며, 한 알씩 따 먹었다. 나무둥치 주변으로 누구도 따지 않아 자연스레 낙과한 사과들이 무덤처럼 쌓여 있었다. 각기 다른 크기, 다른 색, 아마도 다른 향과 다른 맛을 지니고 있을 사과들이 즐비했다. 한입 베어 물자 햇빛을 오래 받은 과육이 불에 구운 것처럼 뜨거웠다.

★ 2015년 9월 8일 화요일

1

아트 라이브러리에 갔다. 각종 예술 서적을 모아놓은 도서관은 아이오와 호텔의 강 너머에 있다.

책장을 눈으로 훑다, 어떤 제목이 눈에 걸렸다. 『La France Italienne』. 직역하자면 이탈리아적 프랑스, 이겠지만 아마도 프랑스 내의 이탈리아적 양식, 요소, 정도의 의미일 것이다. 이 이상한 제목은 머릿속에서 '이탈리안 이민자' 라는 단어로 자연스레 대체된다.

불어로 쓰인 이 책은 16세기부터 17세기까지 이탈리아와 프랑스 접경 지역을 중심으로 이루어진 이탈리아인의 프랑스로의 대거 이민과 그 이후의 변화를 사료 중심으로 분석한 연구서였다. 나는 도서관에 비치된 안락의자에 앉아 더듬더듬, 책의 서두를 읽었다. 연구는 우연히 발견된 이탈리아인의 귀화 증명서 한 장에서 시작되었다. 르네상스 이후 이루어진 이민이었으므로 그들의 이민을 지금의 난민들이 목숨을 걸고 국경을 넘는 일과 비교하는 건 여러모로 무리일 것이다. 당시 문화적으로 풍요로웠던 이탈리아의 이민자들은 프랑스 남부의 문화에 영향을 끼쳤다고 했다. 이것은 아마도 이주민의 정착과 그로 인한 어떤 혼란, 부침, 협상 그리고 또다른 시작에 관한 오래된 이야기일 것이다. 나는 하나의 문화가 다른 문화로 섞여들어가는 것, 극단적으로 어떤 문화가 다른 문화를 잠식하는 것, 그로부터 지켜내려 몸부림치는 것, 이 모든 것들의 피할 수 없음에 대해 생각했다.

통유리 너머 작은 연못이 보인다. 물은 밝은 녹색을 띤다. 연못 한가운데에서 화수분처럼 끝없이 물이 솟아올라 주변으로 퍼진다. 물은 위에서 아래로 돌고 도는 듯 수위의 변화가 없다.

2

오늘 아침 비귈에게 단체 메일 한 통을 받았다. 심각한 내전 상태에 놓인 터키를 위해 작은 비디오 클립을 만들고 싶다는 내용이었다. 장문의 메일에서 다급함과 절박함이 느껴졌다. 터키와 시리아의 접경지대인 지즈레Cizre에서 정치적 목적의 민간인 탄압이 이루어지고 있다는 것. 그러나 언론 통제 때문에 제대로 된 보도가 나가고 있지 못하다는 것. 비귈은 터키 내 친분이 있는 작가에게 이에 대해 전해 들었다고 했다. 나는 자연스레 광주를 떠올렸다. 저녁에 응접실에서 모이기로 했다.

우리는 장시간 토론을 벌였다. 비디오를 통해 어떠한 메시지를 전해야 하는가. 선거를 앞둔 터키에서 비디오가 우리의 의도와 무관하게 정치적 목적으로 이용될 수 있지 않은가. 이것은 전쟁인가, 아니면 분쟁인가. 나는 전쟁과 분쟁 사이에서 잠시 혼란스러웠고 방향을 정하기 어려웠다. 이 모임을 주도한 비귈이 명확한 방향을 제시해주었으면 했지만, 그녀는 단지 아이와 민간인이 죽어나가는 것에 대해서만을 말할 뿐, 정치적 견해를 밝히는 것을 자제하는 듯 보였다.

결국 우리는 스스로가 원하는 한 문장을 10초 내외로 말하기로 했다. 촬영과 편집은 폴린과 비암바가 맡았다. 우리는 응접실 문 앞 복도에 길게 줄을 서 기다렸다. 폴린이 한 명씩 호명하면 응접실 안으로 들어가 촬영을 하고 나왔다. 꼭 치과 대기실 같지 않아? 아르메니아에서 온 소설가 아르멘Armen of Armenia이 말했다.

나는 오랜 생각 끝에 'Stop the violence' 이상의 것을 말하긴 어렵다는 결론에 이르렀다. 상황에 따라, 누군가의 편인가에 따라, 무엇을 해도 되고, 무엇을 할 수도 있고, 할 수밖에 없고. 이런 것으로부터 자유로운 어떤 단어를 찾아보려 했지만 그것 외엔 떠오르지 않았으므로.

★ 2015년 9월 9일 수요일

무용과 교수 마이클Michael Sakamoto의 도움으로 아이오와 대학의 교양 수업인 발레 클래스에 참여할 수 있게 되었다.

발레를 시작한 것이 2010년부터이니, 5년이 넘었다. 그전엔 3년 정도 요가를 했다. 평소 턱관절이 좋지 않았는데, 어느 날 갑자기 입이 벌어지지 않게 되었다. 의사는 목뼈가 틀어진 탓이라며, 별다른 방법은 없으니 고기를 덜 씹고, 요가를 시작해보라고 권했다. 나는 고기를 덜 먹는 것은 어려울 것 같아, 그길로 요가 수강증을 끊었다. 그것이 인연이 되었다.

나이를 먹어 시작하는 발레는 실제 무용수들의 훈련과 형태로 보자면 유사할지라도, 결과에서 큰 차이가 난다. 이르면 네다섯 살부터 발레를 해온 무용수들은 일반인들과 비교해 관절의 유연성과 근육의 질이 다르다. 발레는 고관절의 유연성이 담보되지 않으면 쉽게 몸에 무리가 간다. 허벅지나 종아리에 못난 근육이 생긴다. 근육이 찢어지거나 무릎 연골에 미세한 금이 가는 것도 흔한 부상이다. 흔히 턴아웃이라고 하는, 고관절을 완전히 열고 몸을 곧추세우는 자세가 모든 발레 동작의 근간이 된다. 때문에 나에게는 거의 모든 동작에 노력이 필요하다고 말해도 무방하다. 지난 5년여간 발레를 배우며 깨달은 것이 있다면, 세 가지. 한계를 인정할 것, 느긋할 것, 성실할 것.

나는 내가 춤에 재능이 없다는 사실이 늘 부끄러웠으므로 발레 학원에 갈 때면 춤추러 간다고 하지 않고 그냥 운동하러 간다, 고 말하곤 한다.

월요일과 수요일은 기초반, 화요일과 목요일은 중급반이라고 했다. 나는 두 수업의 선생 모두에게 허락을 받고 시간이 되는 한 참가하기로 했다. 수업은 비전공자들을 위한 것이므로 나에게도 큰 무리는 아닐 듯했다.

★ 2015년 9월 10일 목요일

오늘은 로데오를 보러 가는 날이지만 가지 않았다. 지난 월요일 사과밭에 갔을 때 몇 시간 동안 정수리로 떨어지는 햇빛에 한없이 겸손한 시간을 보내야 했기 때문이다. 당분간은 그러고 싶지 않다.

로데오를 가지 않은 나와 야엘은, 대신 영화를 보기로 했다. 〈침묵의 시선〉이었다. 〈액트 오브 킬링〉을 만든 조슈아 오펜하이머Joshua Oppenheimer의 다큐멘터리다. 우리는 5시에 엘리베이터 앞에서 만나기로 했다. 나는 야엘과 단둘이 영화를 보고 오붓하게 저녁을 먹을 상상을 하며 방문을 열었지만, 역시나 그렇게 되진 않았다. 로데오에 가지 않은 채 호텔에 남아 복도를 왔다갔다하던 작가들, 응접실에서 시간을 때우던 작가들이 하나둘씩 모여 결국 다섯이 되었다. 나와 야엘, 이집트에서 온 소설가 나엘Nael Eltoukhy, 안토니오, 마리가 함께했다.

영화는 1965년 인도네시아의 민간인 학살을 다루고 있다. 군부독재가 사주하여 민간인 사이의 대학살이 이루어졌다. 희생자의 동생인 주인공은 살해를 저지른 사람들을 만나 당시 상황을 증언케 한다. 모두 낯익은 얼굴이다. 동네 어르신, 삼촌이다. 형을 죽인 사람들을 만나러 가면서 건강하시냐, 공손히 묻는다.

영화관 앞에 다시 모였을 때 우리는 한동안 할말을 찾지 못해 서로의 얼굴을 멀뚱히 바라보거나 무엇을 찾기라도 하는 듯 주변을 두리번거렸다. 나는 내장이 쓰렸다. 침묵으로 몇 분을 보낸 뒤 마리가 맥주 마시러 가자, 고 말문을 연 후에야 우리는 숨을 참고 잠수해 있다 가까스로 물 밖으로 나온 사람들처럼 말을 터트리기 시작했다. 맥줏집으로 뛰어갔다.

★ 2015년 9월 11일 금요일

아침에 휴대폰을 보니 엄마에게 여러 통의 전화가 와 있다. 모두 화상 통화 요청이다.

전화와 문자만으로는 무언가 부족한 것 같아 얼마 전 엄마와 화상 통화를 해보았다. 아무런 예고 없이 전화를 거니 화면에 어둠이 가득하다. 아마 엄마의 볼이나 귀 언저리 즈음일 것이다. 엄마는 전화에 문제가 있다고 생각했는지 계속 여보세요를 연발했다. 엄마, 나 여기 있어. 화면을 봐. 아니 아니, 휴대폰 화면을 보라구. 나 여기 있다니까. 곧 엄마의 얼굴이 화면에 가득찼다. 어머, 이게 뭐야. 엄마는 액정에 가득찬 내 얼굴이 신기하다는 듯 뚫어지게 보았다. 엄마가 한동안 홀린 듯 말이 없어서 엄마, 보고 있어? 하고 재차 확인했다. 엄마는 1초 정도의 시간차를 두고 고개를 끄덕였다.

엄마는 그것이 재미있었는지 아무 곳에서나 화상 통화를 시도하곤 한다. 와이파이가 연결된 곳에서만 화상 통화를 할 수 있다고 설명해주었지만, 엄마는 여전히 길을 걷다 버스 안에서, 큰어머니를 만나러 가서도, 친구들과 밥집에 있을 때에도 화상 통화를 걸어대는 것이다. 새로운 장난감을 발견한 아이처럼 시도 때도 없다.

★ 2015년 9월 12일 토요일

1

아침 일찍 아나스에게 전화가 왔다. 함께 산책을 하자고 했다. 무슨 일 있어? 나는 반사적으로 물었다. 특별한 일이 있어야만 함께 산책하는 것도 아닌데 말이 그렇게 나왔다. 아나스는 정말로 그냥 산책을 하자고 했고, 우리는 커피를 사들고 한 시간가량 동네를 거닐었다. 그는 때때로 혼자 걷고 싶지 않은 기분이 들 때 누군가를 자신의 산책에 초대한다고 말했다.

토고의 공식어는 불어다. 그는 토고어와 불어 모두를 할 줄 안다. 파리와 벨기에에서 2년을 지내고 지금은 캐나다에서 살고 있다. 눈에 띄는 멋쟁이다. 종종 몸에 꼭 맞는 슈트를 입거나, 스팽글이 촘촘하게 박힌 보라색 전통 의상을 위아래로 갖춰 입고 나타나곤 한다. 그는 말이 많지 않다. 종종 다 같이 술집에 갈 때면 바에서 혼자 맥주를 마시다 당구를 친다.

2

저녁에 반 파티Barn Party가 있었다. 호텔 앞에 도착한 밴을 나눠 타고 30분가량 옥수수밭을 지나 도착한 곳에 2층짜리 거대한 헛간이 있었다. 나무로 지은 광 내부엔 반짝이는 알전구가 천장 가득 달려 있었다. 계단을 오르자 뷔페식으로 차려진 음식들이 보였다. 다디단 케이크가 몇 판씩 쌓여 있었다. 접시를 들고 줄을 길게 늘어선 사람들을 지나며 요리들을 살폈지만 영 입맛이 없었다. 결국 맥주 통 앞에서 발을 멈추고 맥주 몇 잔을 거푸 마셔 배를 채웠다.

투박한 장식의 헛간, 끝없이 흘러나오는 컨트리 음악, 메마른 닭다리와 감자, 산처럼 쌓인 삶은 옥수수 알갱이, IWP 참가 작가 아니냐며 알은체를 하는 지역민들의 모습이 오늘따라 낯설게 느껴져 구석에 자리를 잡았고, 이내 지루해져 헛간을 나왔다. 앞마당엔 답답증을 느낀 몇몇 작가들이 구석에서 담배를 피우고 있었다. 주위가 어둑어둑해 서로의 얼굴이 잘 보이지 않았다.

문득 헛간 너머로 타는 듯 붉게 지는 해가 보였다. 누가 먼저랄 것도 없이 우리는 노을 구경을 하러 발길을 돌렸다.

풍경은, 몇 년 전 여수에서 보았던, 넋을 잃을 정도로 아름다운 석양과 비견될 만했다. 그때 우리는 낙조를 보기 위해 택시를 타고 지는 해를 따라 달렸다. 그러나 이곳은 바다가 아니었고, 단지 드넓은 평야의 지평선이었으므로, 신비로움보다는 적막과 쓸쓸함이 느껴졌다. 메마른 흙길에 먼지가 풀풀 날렸다. 몇몇이 잡초가 무릎 높이로 자란 들판 한가운데로 들어갔다. 나는 발목에 닿는 억센 풀들이 따끔거려 이내 빠져나왔다. 들판에 선 사람들은 형체가 사라지고 그림자만 남은 듯 현실감이 없었다. 우리는 해가 완전히 질 때까지 그곳에 있었다. 그리고 기분이 좋아져 헛간으로 돌아가 맥주를 마시고 춤을 추며 놀았다.

★ 2015년 9월 13일 일요일

며칠 전 폴린이 일요일 점심에 번역가인 홋나Hodna의 집에서 캄보디아 요리를 만들 것이라며 초대 메일을 보내왔다. 그럼 나는 옆에서 비빔밥을 만들겠노라 공언했는데, 불행히도 어제 마신 술 때문에 눈을 뜨기도 어려울 정도였다. 입이 방정이라 스스로를 탓하며 힘겹게 자리를 털고 일어났다.

아침 11시에 홋나가 콜택시를 불러 호텔 로비로 우리를 데리러 왔다. 그녀는 알제리계 미국인으로 프랑스에서 얼마간의 시간을 보냈다. 불어를 영어로 옮기는 일을 하고, 대학에서 기초 프랑스어를 가르친다.

점심식사는 식재료 구입에서부터 난항을 겪었다. 택시를 타고 아시안 마트에 갔지만 폴린과 내가 원하는 것은 찾을 수 없었고, 우리는 다시 콜택시를 불러 대형 마트로 갔다. 마리는 디저트를 만들겠다며 사과를 보러 갔다. 나는 숙취 때문에 누군가 내 정수리를 손바닥으로 꾹 누르고 있는 듯한 불쾌함에 시달리느라 식재료 구입에 대한 열정이 전혀 없었다. 가까스로 쌀과 간장, 참기름, 꿀을 구했다. 눈에 보이는 야채는 아무거나 집어 들었다. 내가 여태껏 만나본 사람들 중 느긋함으로는 세 손가락 안에 들 폴린은 카트를 세워두고 처음 보는 사람들과 잡담을 나누고, 호텔에 두고 먹을 자신의 식사거리를 사고, 마트 여기저기를 오가며 꼼꼼히 식재료를 비교했다. 산책을 나온 사람 같았다. 시간이 한정 없이 흘렀다. 나는 이미 장보기만으로도 너무 피곤해 소리를 지르고 싶었다.

홋나의 집은 호텔에서 20분쯤 떨어진 한적한 주택가에 있었다. 옆으로 흐르는 아이오와 강이 적요했다. 홋나의 집은 2층짜리 주택의 2층이었다. 비취색 벽지와 금테를 두른 액자들, 넉넉한 양탄자와 섬세한 벽장식 등 이국적 정취가 가득했다. 작은 창이 군데군데 달린 집은 낡고 손때가 묻어 있어 호텔 생활을 3주가 넘도록 하고 있는 우리가 보기에 더없이 아늑하게 느껴졌다. 진짜 집이다. 이런 곳이 진짜 집이지. 입을 모아 말했다.

홋나의 남편이 우릴 맞이했다. 그는 오스트리아인이다. 음식을 준비하는 동안 홋나의 친구들이 하나둘 찾아왔다. 모두 모르는 얼굴들이었지만, 아마도 아이오와 대학원생들일 것 같았다. 나는 영 어색해서 비빔밥을 만든다는 구실로 내내 부엌에 있었다.

폴린의 캄보디아식 소고기찜 요리엔 엄청난 양의 후추가 필요해 모두 달라붙어 후추를 갈았다. 종이컵 세 컵 분량의 후추를 빻아 밑간과 소스를 만드는 데 썼다. 우리가 점심을 먹기로 예정한 시간이 훌쩍 지나고 2시가 다 되었을 때, 폴린이 말했다. 미안하지만 고기에 간을 했으니 재워둘 시간이 필요해. 지금 먹긴 어려울 것 같아. 4시엔 프레리 라이츠 서점에서 낭독회가 있었다. 급할 일 없이 느긋한 사람들이 일단 홋나가 만들어둔 샐러드와 키쉬, 그리고 내가 만든 비빔밥으로 점심식사를 하고 저녁에 다시 모여 폴린의 요리를 먹자고 했다. 나는 두통과 미식거림이 뒤섞인 피로감에 저절로 눈이 감겼다. 저녁식사는 포기해야겠노라 마음먹으면서도, 두 다리는 내 의지와 무관하게 무리를 따라 절로 움직이고 있었다.

저녁식사 자리는 훨씬 단출해져 있었다. 나는 마음이 놓였다. 조금 먼저 도착한 나와 폴린, 카렌이 밑작업을 했다. 폴린이 와인과 후추에 재워둔 깍두기 모양의 소고기를 팬에 올렸을 때, 마리와 야엘이 와인을 들고 찾아왔다. 오늘따라 야엘의 볼이 화사한 장미색이었다. 내가 어찌된 영문인지 놀라워하자, 야엘은 예의 수줍은 미소를 띠며 고개를 숙여 보였다. 야엘은 마리보다 두 살이 많다.

폴린의 소고기찜은 들인 시간이 전혀 아깝지 않을 정도로 맛이 좋았다. 참외처럼 튀어나온 배를 두드렸다. 홋나는 집으로 돌아가려는 우리에게 검은깨와 서양배가 잔뜩 들어간 케이크를 포장해 나눠주었다. 음식 덕분인지 와인 덕분인지 숙취가 말끔히 가셨다.

★ 2015년 9월 14일 월요일

아침 운동을 다녀온 후 뉴스를 틀어두고 커피를 마시고 있는데 누군가 방문을 두드렸다.

라엣이었다. 그는 한 손에 책을 들고, 반대쪽 어깨에 서류 가방을 메고 있었다. 그는 내가 아무 일 없이 잘 지내는지 궁금해 보러 왔다고 했다. 무슨 영문이지 몰라 당연히 잘 지내지, 라고 대답했다. 라엣에겐 내가 요 며칠간 통 보이지 않았는가 보았다. 아무 일 없이 잘 지낸다는 대답을 들은 라엣은 도서관에 간다며 가벼운 얼굴로 복도를 지나쳐갔다.

★ 2015년 9월 15일 화요일

멕시코의 독립기념일이라며 카렌이 데킬라 두어 병을 풀었다. 소금과 라임도 있었다. 나는 카렌이 가르쳐주는 방식으로 데킬라를 마셨다.

야엘은 이곳 환경이 주는 감정의 극단성에 대해 이야기했다. 그때의 환경은 낯선 나라, 낯선 언어뿐만 아니라 항시 있는 낯선 사람들을 포함하는 것이었다. 이곳은 오래전 인터넷에 떠돌았던 '세계가 한 학급으로 이루어져 있다면?'과 유사한, 국가 샘플러에 다름없다. 공통점이라면 모두 읽고 쓰는 것을 직업으로 한다는 것. 아마 그 정도의 미약한 연대 의식마저 없었다면 견디기 어려웠을 것이다.

공동체적 삶이 익숙한 야엘은 고향의 것과 유사한 형태이나 실제론 완전히 다른 이곳의 유사 공동체적 생활에 좋든 싫든 영향을 받고 있는 것 같았다. 그것은 나도 마찬가지여서 어떤 날은 사람들과 단 한마디도 하고 싶지 않다가도 문득 외로움을 느껴 슬그머니 문을 열곤 한다. 이러한 극단적인 단체 생활은 평생 해본 적이 없다. 때때로 우리는 굉장히 바쁜 때에도 순간순간 견딜 수 없이 지루하거나 무엇이든 새롭고 즐겁다가도 한 순간 외로워진다.

★ 2015년 9월 16일 수요일

오늘은 데이비드 랭David Lang의 강연이 있었다. 데이비드 랭은 영화 〈그레이트 뷰티〉의 음악을 맡으며 꽤 유명 인사가 된 현대 음악가다. 나는 그 이름이 귀에 익어 강연이 열리는 아트 라이브러리로 향했다. 강연은 '음악과 그 신비한 선악의 힘'이라는 다소 거창한 주제였는데, 내용은 그의 음악 경험론, 혹은 음악 창작론에 관한 것이었다.

데이비드 랭의 조부모는 독일 이민자 출신이었다. 그의 부모는 맞벌이에 팝이나 재즈를 즐겨 들었다. 그는 클래식과는 거리가 먼 환경에서 자랐다. 때문에 가족 누구도 그가 클래식 음악가나 연주자가 될 것이라 기대조차 하지 않았다. 클래식 음악 교육을 받을 만한 계급이 아니었다고, 데이비드 랭은 말했다.

어느 날 데이비드 랭은 학교 강당에서 고전음악을 접한다. 그 노래가 그에게는 운명의 종소리였다. 바꿔 말해, 많은 클래식 작곡가들이 음악적 환경에서 자연스레 훈련을 받으며 자라난 것과는 완벽히 반대되는 케이스였다는 것. 데이비드 랭은 자신의 그러한 성장 배경이 음악에도 큰 영향을 끼쳤다고 믿는다. 클래식 영역의 바깥에 머물면서, 그것을 선망하고 동시에 경계한다. 데이비드 랭은 〈그레이트 뷰티〉의 삽입곡을 예로 든다. 종교적 색채가 짙게 느껴지는 음색과는 반대로 세속적인 가사를 갖고 있다. 일종의 비틀림일 것이다.

데이비드 랭의 이러한 일화는 필립 글래스의 유년 시절과 유사하다. 필립 글래스가 뉴욕에서 음악가로서의 인생을 꿈꿀 때, 그의 엄마는 삼촌 꼴이 날 것이라 걱정했다. 음악은 취미일 뿐이었다. 호텔을 전전하는 떠돌이 악사가, 그의 어머니가 상상하는 음악가의 삶이었다. 그녀는 음악가라는 직업이 돈과 명예와 연결될 수 있다는 상상을 하지 못했던 것이다. 역설적으로 이러한 환경이 필립 글래스에게 음악적 자유를 주었다. 그는 유년 시절 클래식 이외의 것들을 경계 없이 접하며 음악적 저변을 넓혔다. 때때로 이것과 저것 사이에서, 이토록 다른 것이 태어난다.

데이비드 랭은 30여 분간의 강연을 멈추고, 자신이 작곡한 작은 소품을 아이오와 음대 학생들의 연주로 시연했다. 단순한 멜로디, 끝없는 반복과 변주, 절정도 결말도 없는 음악적 형식, 흔히 미니멀리즘이라고 하는 것. 선적인 것을 넘어선 공간화. 음을 분산시키고 파편화시켜 창조하는 일그러진 공간 같은 음악.

★ 2015년 9월 17일 목요일

침대에서 몸을 일으키는 게 쉽지 않았다. 머리가 너무 무거워 매트리스 밑으로 꺼질 것만 같았다. 어제도 몸이 무거워 운동을 가지 못했다. 억지로 몸을 일으켰다. 그간 술을 너무 많이 마셨나. 호텔을 나서니 날이 흐렸다. 공기가 무겁고 축축했다.

발레 수업은 아이오와 호텔 맞은편에 위치한 무용과 전용 건물인 핼시 홀Halsey Hall에서 열린다. 어제 데이비드 랭의 강연에서 피아노를 맡았던 연주자가 오늘은 클래스에서 반주를 한다.

책상 위에 먹을 것을 부려놓고 아침을 먹으려는데 갑자기 굉음이 들렸다. 블라인드를 여니 폭우가 쏟아지고 있다. 시야가 흐려질 만큼 세찬 비다. 천둥소리가 요란했다. 이 정도의 비는 이곳에서 처음이다. 나는 언젠가 아이오와에도 우기인 듯 내내 비가 오는 시기가 있다는 이야길 들은 적이 있다.

오늘은 도서관에 요청한 책을 찾고 서점에 주문해둔 차학경의 책도 찾으러 나가려 했지만 비 때문에 모두 미루기로 했다. 온종일 방안에 머물며 단어 여행을 떠나볼 참이다.

'단어 여행'은 내가 그냥 부르는 말인데, 반복적으로 듣거나 보거나 읽었던, 그러나 의미를 알 수 없었던 각종 영어 단어들을 휴대폰의 사전 어플로 찾아 화면을 캡쳐해놓은 뒤, 포화 상태에 이르면 하루 날을 잡아 종일 사전을 들여다보는 것이다. 나는 평소 사전 읽는 것을 좋아해 무작위로 사전을 골라 아무 페이지나 펼쳐두고 한 쪽씩 읽곤 한다. 이미 아는 단어라면, 놀랍도록 자명한 의미에 때때로 무릎을 치게 된다. 사전은 의미를 파악하기보단 의미를 축소하고 단정 짓는 데 도움을 준다. 나처럼 잡생각이 많은 사람에겐 특효다. 의미의 중첩으로만 설명해두어, 이를테면 형용사를 동사형으로 설명해놓는 식의 꼬리에 꼬리를 물고 의미를 좇아 책장을 부산스레 넘겨야 하는 상황들도 좋다. 많은 노력에도 의미가 모호한 채 남더라도 상관없다. 본래 언어란 모호한 것 아니겠나, 자위한다. 시간이 잘 간다. 이곳에 종이 사전이 있다면 좋았겠지만, 인터넷 사전으로 만족하기로 했다. 특정한 단어의 가족을 엮는다. 명사형, 동사형, 부사형, 형용사형. 친구도 찾는다. 유의어. 적도 찾는다. 반의어. 싫건 좋건, 모두가 하나의 그룹이다.

★ 2015년 9월 18일 금요일

1

아침부터 부슬비가 내렸다. 여전히 방에 머물며 뜨끈한 정종이나 마시고 싶었지만 낮에는 패널 디스커션이, 늦은 오후에는 낭독회가 있었고, 게다가 오늘은 하우스키퍼가 오는 날이었다. 결국 9시에 부랴부랴 짐을 챙겨 나왔다. 자바 커피숍에 가니, 노천 한구석에 고개를 푹 숙이고 무언가를 골똘히 살피는 마리가 보였다. 나는 마리가 알지 못하게 살금살금 걸어 커피숍 안으로 들어갔다. 골몰하는 마리를 방해하고 싶지 않기도 했고, 어젯밤 마리가 전화를 걸어와 새벽까지 야엘의 방에서 셋이 술을 마셨기 때문에 만남에 시차를 주고 싶은 마음도 있었다.

낭독회가 끝난 후 야엘이 샘보우 하우스에서 호텔로 가는 지름길을 알려주겠다고 했다.

주택가 뒤로 난 작은 길로 들어서자 숲길이 이어졌다. 숲을 가로지르자 아이오와 강이 나타난다. 물색이 탁해진 강 너머로 비에 젖어 채도가 한

단계 낮아진 나무들이 도열해 있다. 야엘은 5일 후로 다가온 시카고 여행에 퍽 들떠 있는 것 같았다. 이 작은 마을에서 한 달 가까이 지내자니 슬슬 좀이 쑤셨다.

2

오후가 되자 빗발이 거세졌다. 나는 숙소에서 혼자 맥주를 마시며 제임스가 내준 숙제를 했다. 제임스는 내 영어 능력 향상을 위해 일주일에 한 번 읽을거리를 보내주겠다고 했었다. 그러더니 정말로 며칠 전 『뉴욕 타임스』에 실린 소설 중 내가 읽을 만한 것 하나를 이메일로 보냈다. 글을 읽어오라는 말과 함께 짧은 영어 일기를 써오면 첨삭을 해주겠다고 했다. 그 이후로 제임스는 행사에서 마주칠 때마다 일기 썼냐고 잔소리를 해댔다. 내일 제임스를 만나기로 했으므로 부랴부랴 일기를 쓰기로 했다. 몇몇 작가들이 폭스헤드로 당구를 치러 간다고 메시지를 보냈다. 천둥 번개가 치는데. 나로선 불가능한 일이다.

제임스가 보낸 산문은 비행기 안에서 우연히 만난 할리우드 스타와의 짧은 설렘, 그리고 엇갈림으로 인해 미완으로 끝나버린 로맨스에 대한 회상 형식의 글이었다. 미남 배우의 이름은 철자의 순서를 뒤바꾼 애너그램의 형태로 만들어놓았는데, 나는 그가 누구인지 알아내려 철자의 순서를 차례로 바꿔가며 인터넷을 한참 동안 뒤졌다. 그러다 문득 이것은 소설일 뿐이지 않나, 라는 깨달음이 머리를 스쳤다. 내가 무슨 바보 같은 짓을 하고 있나, 헛웃음이 나왔다. 나는 소설과 실제를 구분하지 못하는 순진한 독자였던가보다.

비가 오니 전에 없이 한국 음식이 그리워진다. 따듯한 술과 기름기가 도는 음식이 먹고 싶었다.

★ 2015년 9월 19일 토요일

야엘이 시카고에서 묵을 호텔의 이름과 위치가 표시된 구글 지도를 링크해 메일을 보내왔다. 시카고에서의 날씨는 무척 좋을 것이며, 호텔 역시 굉장히 번화한 곳에 위치해 있다고 알려주었다. 야엘은 자신이 지낼 곳의 조건, 지리와 날씨를 미리 파악하고 있어야 마음이 놓인다고 했다.

9월 23일부터 25일까지, 우리는 시카고로 간다. 한 달여간 갇혀 있던 옥수수밭을 떠난다. 마리, 야엘과 시카고에서 볼 연극도 미리 표를 예매해 두었다. 다들 들떠 있다.

하이그라운드 카페에서 제임스를 만났다. 제임스는 약속 시간을 지킨 적이 거의 없다. 지난번엔 30분을 늦더니, 오늘도 20분이나 늦었다. 늘 바쁘니 할 수 없다.

다급하게 카페로 들어온 제임스는 내가 쓴 일기의 맞춤법을 고쳐주었다. 네 편 정도의 일기를 썼는데, 한 편에 네 줄 정도였다. 그만큼을 쓰는

데에도 온종일이 걸렸다. 한국에서 영문법 책을 챙겨 왔지만, 책을 아무리 보아도 실전 적용은 무리다. 제임스가 보라색 펜으로 꼼꼼히 오류를 고쳐나가는 동안, 나는 주간지를 읽는 척했다. 힐끗 보니, 종이 전체가 보라색이다. 어순이 엉망이다. 인터넷 사전으로 찾아 쓴 것이라 쓰임이 어색한 말들도 있다.

제임스는 일기가 재미있다며 블로그를 만드는 건 어떻겠냐고 물었다. 영어로? 당연하지. 그럼 네가 매번 이렇게 고쳐줘야 하는데 할 수 있겠어? 당연하지! 나는 그것이야말로 분별없는 열정이라고 고개를 저었다.

제임스는 내가 보낸 두 단편 중 「늑대의 문장」을 훨씬 좋아했다. 등단작이다. 그는 내가 10여 년도 훨씬 전에 쓴 소설에서 어떤 흥미를 발견했는지 자신이 편집을 하고 싶다고 말했다. 나는 내 손을 떠난 지 한참 지난 것이라 어떤 거리감 같은 것이 느껴져 마음대로 하라고 말했다.

★ 2015년 9월 20일 일요일

누군가 방문을 두드려 나가보니 폴린이다. 빨래를 해야 하는데 세제가 없다며 빌려달란다.

세탁실은 호텔 복도 가장 안쪽에 있다. 코인 세탁기인데, 세탁은 1.5달러, 건조는 1달러다. 각각 25센트짜리 동전 여섯 개와 네 개가 쓰인다. 나는 아직도 미국 동전의 쓰임에 익숙지가 않아, 책상 위에 동전이 산처럼 쌓여 있다. 매번 지폐를 내고 거스름돈을 받아 방안에 모아두고는 25센트짜리만 골라 여섯 개, 혹은 네 개씩 쌓아두었다. 나머지 동전들은 어찌 소비해야 할지 막막하다.

폴린은 이곳에 온 지 한 달여가 되어서야 첫 빨래를 한다며, 세탁기 사용법을 알려달라고 했다. 빨래 바구니에 똑같은 모양새의 청바지가 한가득이다. 우리는 함께 복도를 걸었다. 내 대각선 맞은편 객실에 묵고 있는 버마에서 온 시인 몽유파이Maung Yu Py는 미국 록 음악을 즐겨 듣는다. 그의 방 앞을 지날 때면 각종 헤비메탈, 데스메탈 음악을 들을 수 있다. 그는

NGO에서 일한다. 갓 태어난 아이와 아내가 있다.

나는 폴린에게 세탁기에 동전 넣는 법, 켜는 법, 하얀 빨래와 색깔 있는 빨래 선택법, 건조기 사용법 등을 알려주었다. 그런데 이거 얼마나 걸려? 폴린이 물었다. 세탁기에도, 건조기에도 시간이 얼마나 걸리는지 명시되어 있지 않다. 나는, 나도 잘 모르지만 대략 1시간 후에 가면 다 되어 있다, 고 뭉뚱그려 말했다. 소요 시간이 얼마나 걸리는지 알 수 없는 세탁기를 나는 이곳에서 처음 보았다.

★ 2015년 9월 21일 월요일

자두가 제철인지, 슈퍼마켓에 자두가 한가득이다. 밝은 붉은색 자두와 검은빛이 도는 자두 중 검은빛이 나는 자두를 골라 봉투에 담았다. 밝은색 과일은 왠지 시어 보여 사기가 꺼려진다.

자두를 반으로 가르자 운석 모양의 씨가 불쑥, 튀어나온다. 칼끝으로 씨를 밀어올리자 쉽게 떨어져나간다. 잘 익은 자두다. 씨가 떨어져나간 자리에 결이 나 있다. 자두를 한입 베어 무니 꼭 고기를 씹는 것 같다. 신맛이 전혀 없는, 달고 탄력이 느껴지는, 조밀한 과육이 입에 가득찬다.

★ 2015년 9월 22일 화요일

시카고 여행 전날이기 때문인지 호텔은 종일 고요했다. 아침 7시 45분까지 호텔 로비로 나가야 한다. 작가들에게는 매우 부담스러운 시간일 것이다.

매주 화요일 저녁이면 영화 상영회를 한다. 작가들이 가져온 영화를 관람한 후 간단한 질의응답을 하는데, 나는 매주 빠지지 않고 참여했다. 오늘은 나이지리아에서 온 사무엘이 자국 영화를 소개할 것이라고 했다. 일종의 의무감에 영화관으로 향했지만, 내일 여행을 간다고 생각하니 영 집중이 되질 않는다. 결국 세 시간이 넘는 상영 시간에 자신이 없어져, 시작한 지 10분 만에 영화관을 빠져나왔다.

냉장고의 과일들, 남은 치즈와 고기, 요구르트 따위를 모두 꺼내 먹을 수 있는 것들은 먹어치우고, 상한 것들, 앞으로 며칠 이내에 상할 것으로 예상되는 것들은 과감히 버리기 시작했다. 2박 3일의 시카고 여행 뒤 아이오와로 돌아와 하루의 휴식 후 뉴올리언스로 다시 여행을 떠나야 하기 때문이다. 뉴올리언스에선 나흘을 묵는다.

음식물 쓰레기를 일반 쓰레기와 함께 버리는 것은 여전히 어색하면서도 통쾌한 기분이 든다. 첫날 나자렛이 쓰레기통 위치를 알려주었을 때, 나는 습관적으로 음식물 쓰레기통은 어디 있냐고 물었다. 그러자 나자렛은 이해할 수 없다는 표정을 지었는데, 나는 내 영어가 어색해서라고 생각해 연신 설명을 해댔다. 음식물이요. 다 먹고 남거나, 더 못 먹거나, 버리고 싶은 것들이요. 나자렛은 내 얼굴을 빤히 바라보더니 높은 목소리로 답했다. 그러니까 여기, 이게 쓰레기통이라니까.

책상 위의 바나나 한 송이만 남겨두고 냉장고를 깨끗이 비웠다. 한 개는 내일 아침에 먹고, 남은 것은 가져갈 생각이다.

★ 2015년 9월 23일 수요일

1

화장실이 딸린 큰 관광버스가 호텔 앞에 정차해 있었다. 나는 운동 가방에 갈아입을 옷만 간단히 챙겨 나왔는데, 다들 캐리어를 끌고 가는 분위기다. 버스에 오르자, 옆자리에 폴린이 와 앉는다. 폴린은 커다란 카메라 가방과 스포츠 백, 그리고 한 손엔 거의 다 먹어가는 2리터짜리 오렌지주스 통, 다른 손엔 1리터짜리 두유 팩을 들고 탔다. 도대체 이 두유 팩은 뭔가 싶어 이거 시카고 가서 먹을 거야? 라고 물었다. 놔두면 상할까봐 갖고 나온 거야. 폴린이 새침하게 대답한다. 그러자 순간 내 방 책상 위에 덩그러니 놓여 있을 바나나가 떠올랐다. 어쩐지 손이 너무 가볍다 싶었다. 새벽에 간신히 일어나 커피 한 모금을 허겁지겁 마시고 나오느라 바나나를 잊었던 것이다.

차는 곧 출발했다. 폴린이 배가 고프다며 가방에서 아몬드와 건포도를 꺼냈다. 폴린은 나이가 어리고 활동이 왕성해서인지 늘 배가 고프다고 했다. 우연히 마주치면 매번 밥 먹었느냐 묻곤 하는데, 처음엔 그것이 한국과 유사한 방식의 인사말인 줄 알았다. 그러나 내가 밥을 먹었다고 말하자 매우 실망하는 태도를 보여, 곧 배가 고픈데 혼자 밥을 먹고 싶지 않으니 함께 밥을 먹으러 가지 않겠느냐는 진지한 제안임을 깨달았다. 폴린은 의대를 다니다 그만두고 영화를 찍기 시작했다. 외아들이라 부모의 기대가 컸을 것이다.

버스는 옥수수밭을 지났다. 뒤에서 누군가가 드디어 옥수수밭을 벗어난다! 라고 외쳤다. 서서히 날이 밝아오는 듯하더니 순식간에 해가 났다. 나는 고요한 방, 덩그러니 썩어갈 바나나를 떠올렸다.

다섯 시간 후 시카고에 도착했다. 호텔에 짐을 풀자마자 유명하다는 햄버거 가게로 우르르 몰려갔다. 길은 지나치게 넓고 건물은 너무나 크고 높다. 으레 내가 생각하는 높다, 넓다는 관념 이상으로 거대해, 역설적이게도 지금은 사라지고 없는 큰 짐승을 대하는 기분이다. 호텔은 미시건 대로 바로 뒤편으로, 야엘 말대로 시내 한복판에 있었다. 도로를 사이에 두고 커다란 쇼핑몰이 즐비하다. 눈에 익은 간판들이 발길을 잡는다. 우리는 갓 촌에서 올라온 사람들처럼 주위를 두리번거린다. 한 블록이 너무 커서 두 블록 너머 햄버거 가게에 가는 데에도 한참이 걸렸다.

2

호텔에 돌아와 낮잠을 잤다. 새벽에 일어나야 한다고 생각하니 도무지 잠이 오지 않아 새벽 4시에야 겨우 눈을 붙였기 때문이었다. 자고 나니 살 것 같았다.

야엘, 마리와 호텔 로비에서 만나 택시를 타고 굿맨 극장Goodman Theatre으로 갔다. 연극 표를 찾고도 시간이 남아, 근처 레스토랑에서 간단한 안주와 와인 한 잔을 마셨다. 나는 마리, 야엘과 함께 다닐 때면 홀로 다닐 때보다 사람들이 훨씬 친절하다는 느낌을 받는다. 어렴풋이, 그것은 단지 내 영어가 미숙하기 때문만은 아닐 것이라는 생각이 든다. 언젠가 브래드가든 마켓에서 마리는, 이곳의 사람들이 자신에게만은 지나치게 친절한 편이라 말했다. 자신의 외모 때문이라고 했다. 마리는 은색에 가까운 밝은 금발에 아주 밝은 파란 눈을 갖고 있다. 그것이 이 지역의 보수적 특성을 보여준다고 덧붙였다. 옆에서 야엘이 고개를 끄덕였다. 나는 이곳에서 차별도, 특별한 우대도 받지 못했기에 과연 그러한가, 고개를 갸우뚱했다. 그때, 마치 짜기라도 한 듯 마켓 와인 코너 사장이 선물이라며 우리에게 와인 한 병을 가져다주었다. 나는 우연이라면 대단한 우연이라고 생각해 웃음이 나왔다. 우리는 끝까지 그 와인에 손대지 않았다.

연극의 제목은 〈Disgraced〉였다. 파키스탄계 미국인 작가 아야드 악타르Ayad Akhtar의 작품으로, 2013년 퓰리처상을 받았다. 백인 여성과 결혼해 안락한 중산층의 삶을 누리는 파키스탄계 미국인 아미르가 중심인물이다. 변호사인 아미르를 중심으로 이슬람 문화에 영향받은, 그러나 개신교인 화가 아내, 유대인인 백인 친구와 아프리칸 아메리칸인 친구의 아내,

그리고 아미르의 조카가 등장한다. 이 연극은 등장인물로 짐작할 수 있듯, 미국 사회 저변에 깔린 인종차별주의와 종교 문제, 9·11이 뒤섞인 개개의 이해관계, 내면의 위선과 진실을 다룬다.

극의 초입, 변호사인 아미르는 파키스탄계라는 것을 로펌에 속이기 위해 성을 바꾼 것에 대해 이야기한다. 그는 자신의 성을 인도식으로 바꾼다. 무슬림이라는 사실이 커리어에 좋지 않은 영향을 주기 때문이다. 그는 스스로도 무슬림의 그림자는 흐릿하다고 믿는 엄연한 미국인이다. 그는, '자기 피의 절반은 인도인'이라며 성을 바꾼 것이 완전히 거짓말은 아니라고 변명하면서도, 이름 전체를 바꿔버린 조카에 대해서는 못마땅하다는 듯한 이중적인 태도를 보인다. 조카의 이름은 후세인이다.

이 장면은 파키스탄계 미국인인 그의 사회·문화적 위치의 애매성과 복잡함을 보여주는 단적인 예일 것이다. 극은 이러한 장면들로 가득하다. 나는 그 연극의 대사를 절반 정도만 알아들을 수 있었고 나머지는 분위기로 파악하는 정도여서 연극의 세부 사항을 알진 못한다. 다만 각 인종, 종교의 대표로 분한 인물들은 대체로 그에 대하여 보편적으로 갖는 편견 안에서 행동하는 듯 보였고, 그로 인해 당연히 반목하고, 파국을 맞는다. 연극은, 인류 공동체는 문화·역사·종교를 떠나 연대 가능하다는 희망적 메시지를 비웃으려는 것이 목표처럼 보인다. 그 주장에 동의하지 않는 것은 아니지만, 다 보고 나자 어쩐지 김이 샜다.

연극이 끝나고, 우리는 호텔까지 무작정 걸었다. 내가 구글맵을 켜긴 했지만, 지도가 영 눈에 들어오지 않았다. 마리가 지도를 살피는 듯하더니 결국엔 감으로 길을 찾는 눈치였다. 시간이 11시에 가까워졌으므로, 우리는 문이 열린 이탈리안 레스토랑의 노천에 자리를 잡았다.

갑자기 비명 소리가 들렸다. 욕을 하며 이름을 외치고, 소리를 질렀다. 소리는 내 등 너머에서 들려오고 있었는데, 나는 뒤돌고 싶지 않았다. 마리는, 여자가 건물 꼭대기에서 소리를 지르고 있다고 알려줬다. 얼마 지나지 않아 사이렌이 울렸다. 경찰이 왔다. 텅 빈, 고요한 거리에 불필요할 정도로 우렁찬 사이렌이다. 이 도시의 모든 것이 과도하게 느껴진다. 피로 탓이리라.

우리는 웨이터에게 부탁해 건물 안으로 자리를 옮겼다. 바깥은 내내 소란하고, 날씨는 을씨년스러웠다. 튀긴 오징어가 담진 접시를 갖다주며 웨이터는 저 여자가 약을 했었나보다, 라고 설명했다.

★ 2015년 9월 24일 목요일

1

시카고 관광을 할 수 있는 유일한 날이다. 이곳에서의 일정이 짧아 아쉽다. 눈을 뜨자마자 인터넷에서 에그 베네딕트가 맛있기로 유명한 식당을 찾았다. 호텔에서부터 걸어서 35분. 대중교통을 이용할 자신이 없어 일단 걸어보기로 했다.

걷기에 좋은 날씨다. 햇볕은 적당히 따스하고 부드럽다. 도시를 가로지르는 강을 따라 사람들이 일상적으로 움직인다. 건물도 크고 길도 넓어 관광객으로 북적인다는 느낌이 없다. 이곳은 숨어서 글을 쓰기 좋은 장소 같다. 도시는 젊고, 특별한 냄새가 나지 않는다. 19세기 말 시카고 일대에 대형 화재가 나, 거의 모든 건물을 새로 지었다고 했다. 유수의 건축가들이 몰려들어 가장 크고 현대적인 건물을 앞다투어 지었다. 그래서 시 자체가 하나의 거대한 화재 기념관 같다. 압도적이긴 하지만 위압감을 주지는 않는다. 때때로 광장 계단 대리석조차도 유적인 오래된 도시에 갈 때면 이상하게 주눅이 들어 글이 잘 써지지 않았다. 누군가 높은 곳에서 내려다보고 있는 것 같기 때문이다.

길을 걷는 내내 휴대폰 메신저 알람이 울린다. 각자 누리고 있는 시카고의 전경을 담은 사진들을 나누고 있다. 누군가는 강가에 앉아 있다. 누군가는 현대 미술관으로 갔다. 혼자 있어도 여럿과 함께 걷는 기분이다.

2

저녁엔 낭독회가 있었지만 시카고에서의 남은 시간이 아쉬워 미적댔다. 노천에서 비암바와 맥주를 마셨다. 비암바는 낮에 사진 전시회에 다녀왔는데, 평양의 일상을 찍은 사진들이 상영되고 있었노라 말했다. 그가 휴대폰으로 찍어온 동영상을 구경하고 있는데, 노트북을 가슴팍에 안고 길을 지나던 마리가 우리를 발견했다.

우리는 낭독회에 가는 대신 시카고의 마지막 밤을 즐기기로 했다. 저녁을 먹고 야경을 보기로 했다. 비암바는, 예의상 낭독회에 가야 할 것 같다며 자리를 떴다. 우리는 지하철을 타고 시내를 벗어나기로 했다. 노트북을 호텔에 두고 오겠다던 마리는, 한 시간이 지나도록 카페로 돌아오지 않았다. 이미 사위가 어둑해졌다. 밤공기가 차 손끝이 얼얼했다. 마리와 연락할 방법이 없어 무작정 기다렸는데, 저 멀리서 커다란 카메라 가방을 어깨에 멘 마리가 보였다. 마리는 어찌어찌 호텔로 돌아가긴 했지만 우연히 길을 걷다 우리와 마주친 것이라 카페가 정확히 어디에 있었는지 알 수 없었다고 했다. 마리는 일대를 돌고 돌아 다시 우연히 카페로 돌아온 것이었다.

마리는 낯선 도시의 지하철을 좋아했다. 그녀는 플랫폼에서 들고 나는 지하철을 거푸 찍었다. 카메라 렌즈가 어린아이 머리통만했다. 우리는 시 외곽의 주택가에 위치한 쌀국수집에 갔다. 시카고에서 가장 맛이 좋은 쌀국수집이라고 했지만, 맛은 기대에 못 미쳤다. 마리는 어린 시절 덴마크에서 지내며 겪었던 언어적 부침, 부모로부터 받았던 종교적 강요에 힘겨웠던 일들을 이야기했다. 마리가 나에게 종교가 있느냐 물었다. 나는 친가가 독실한 천주교이고 어머니는 불교 신자인데, 나는 아직은 무교라고 답했다. 스웨덴 인구의 대부분이 개신교도이기 때문인지, 마리는 무척 놀라워했다. 넌 정말 특별하구나! 감탄한다. 나는 내가 특별한 것이 아니라 단지 한국이 다양한 종교를 가진 국가이기 때문에 가능한 상황이라는 것을 힘겹게 설명해야 했다.

글쓰는 건 어때? 마리는 틈틈이 내 글쓰기에 대해 묻는다. 별로. 온통 생경한 것들에 정신이 팔려서인지 글이 써지지 않는다. 그래도 써야지. 너는 여기서 소설을 써야 해. 마리는 이곳에서 글쓰기를 닦달하는 유일한 사람이다. 역사를 나서자 고요한 주택가가 나타났다. 마리는 반층짜리 계단이 달린 주택들이 신기한 양 카메라에 담았다.

★ 2015년 9월 25일 금요일

1

시카고에서 아이오와로 가는 버스에 올랐다. 돌아가고 싶지 않았다. 남은 일정 내내 이곳에 머물렀으면, 싶었다. 옆자리에 앉은 폴린은 H&M에서 산 티셔츠와 겨울 머플러, 청바지들을 잔뜩 꺼내 자랑했다. 이만큼 샀는데 200달러도 안 된다며 흡족해했다. 시카고에서 통 얼굴을 볼 수 없었던 폴린은 다리 위에서 온종일 비눗방울을 부는 노숙자와 함께 있었노라 말했다. 매일 아침 다리 위로 출근해 아주 큰 비눗방울을 생산하고, 해가 지면 퇴근한다고 했다.

나는 어젯밤 마리와 함께했던 96층짜리 빌딩에서의 야경 사진을 폴린에게 보여주었다. 쌀국수를 먹은 뒤 우리는 호텔 근처로 돌아와 야경을 감상하러 행콕 빌딩으로 갔다. 96층에 칵테일 바가 있었다. 11시가 넘었지만 대기 줄이 길었다. 20여 분을 기다린 끝에, 운이 좋게도 창가에 앉게 되었다. 폭이 좁은 테이블이 길게 놓여 있어 야경을 보며 술을 마실 수 있었다. 무수한 반딧불이가 자글대는 듯한 도시는 아무리 사진으로 찍고 또 찍어도 실제에 비할 바가 못 되었다. 살아 있는 것 같아, 라고 나는 말했다. 도시는 빛나는 세포로 이루어진 거대한 잎맥처럼 보였다. 마리와 나는 한동안 말을 잃고 빛의 도시를 바라보았다.

옆 테이블엔 다른 도시에서 온 관광객으로 보이는 커플이 앉아 있었다. 남자는 피케 티셔츠 위에 재킷을 걸치고 있었다. 여자는 커다란 물방울무늬가 들어간 원피스를 입었다. 동그랗게 튀어나온 광대가 붉다. 둘은 닭날개 튀김과 칵테일을 시켜놓고 나란히 창밖을 보았다. 남자는 양손에 소스를 묻히며 닭튀김을 먹느라 여념이 없었다. 여자는 오랫동안 야경에서 눈을 떼지 못했다. 둘은 별다른 대화를 나누지 않은 채 한 시간가량 앉아 있다 자리를 떴다.

2

저녁에 비암바의 영화 상영이 있었다. 오늘의 유일한 일정이었다.

〈시간〉이라는 간결한 이름의 다큐멘터리에는 시간의 흐름에 관한 여러 이미지들이 담겨 있었다. 버스 멀미 때문에 피로한 상태여서인지 정지된 듯 느리게 움직이는 화면과 몽골의 고요한 시골 풍광을 보는 것이 맘편히 느껴졌다. 단단한 영화관 의자가 아늑했다. 피로가, 기분 좋은 노곤함으로 변했다.

화면은 사소하고 소박한 것을 오래오래 보여주었다. 기도하는 승려들과 노래하는 아이들, 눈길을 걷는 사람, 웃는 사람, 말하는 사람, 척박한 땅, 바람, 바람에 흩날리는 색색의 천, 모서리가 깨진 여자의 머리핀과 흑단처럼 까만 머리칼이 있었다.

영화가 끝난 후 관객 중 하나가 질문을 했다. 인물들 옆에 언제나 개가 함께 있는데 특별한 의미가 있는 것이냐고 물었다. 비얌바는 의미 없는 단순한 일상의 장면이라고 일축했다가 잠시 후 생각난 듯 말했다.

몽골에서는 개가 죽으면 다음 생에 사람으로 태어난다고 믿는다. 그래서 개가 죽으면 꼬리를 자른다. 다음 생에 사람으로 태어날 것이기 때문이다.

★ 2015년 9월 26일 토요일

오늘은 온전히 쉬는 날이었다. 내일 새벽 3시 15분에 호텔 로비에 집결해 뉴올리언스로 떠나야 한다. 새벽 3시 15분이라면, 잠자기를 포기해야 하는 시간 아닌가. 이 중간 여행에서 작가들은 반으로 나뉘어 절반은 뉴올리언스로, 절반은 시애틀로 떠난다.

뉴올리언스에서 짧은 낭독을 해야 할 일이 갑자기 생겨 제임스가 읽기 연습을 도와주기로 했다. 호텔방이 환기가 잘 되지 않아 향초를 사러 나갔다가 시간을 너무 지체해버렸다. 부랴부랴 계산을 하고 가게를 나서는데 제임스에게 문자가 왔다. 나 도착했는데. 왜 안 와? 나는 겨우 3분을 늦었는데 처음으로 제시간에 온 제임스가 생색을 낸다.

호텔 스낵바에서 만난 제임스는 무척 피곤해 보였다. 그도 시카고에서의 여독이 풀리지 않은 것 같았다. 요즘 제임스와 나는 마주치기만 하면 인사처럼 피곤하다는 말을 하곤 한다. 누가 더 피곤한지 경쟁하기라도 하듯 머리가 아프다, 어지럽다, 나도 너무 피곤하다, 으슬으슬하다며 골골

댄다. 제임스는 암벽 등반을 하고 와 배로 더 피곤하다고 했다. 피곤한데 왜 무리해서 운동을 하지? 내가 묻자, 그는 운동을 하지 않으면 몸이 더 약해질 것 같아 일부러 했다고 대답했다. 결과적으론 몰골이 말이 아니게 되었다.

나는 제임스가 갖고 있는 아이러니한 운동 패턴이 나의 경우와 정확히 맞아떨어진다고 생각했다. 어떤 종류의 운동이 일상의 한 부분이 되면 때때로 건강해지려고 운동을 하는 것인지, 운동을 하기 위해 체력을 유지하려 애쓰는 것인지 구분할 수 없게 될 때가 있다. 운동을 무리하게 하고 나면 감기에 걸린 것처럼 열이 오르고 삭신이 쑤셔 남은 하루는 종일 침대에 드러누워 보내기도 한다. 그럼에도 운동을 끊을 수 없는 것은 만약 운동하기를 중단하면 체력이 떨어질까 염려되기 때문인데, 도리어 무리해서 운동을 하는 것이 체력을 소진시키는 결과를 낳는다는 사실을 애써 무시하고 싶은, 진퇴양난의 상황에 빠지게 되는 것이다.

뉴올리언스에서 나는 「늑대의 문장」의 첫 몇 장을 읽을 것이다. 내가 먼저 읽고, 제임스가 발음을 수정하기로 했다. 다른 사람 앞에서 영어 문장을 읽는 것이 어색하고 발음이 스스로도 한심스러워 웃음을 참기가 어려웠다. 가장 큰 문제는, 내가 'Woods'라는 단어를 전혀 발음하지 못한다는 사실이었다. 제임스가 발음하는 Woods는 내가 알고 있던 그 '우즈'가 아니었고, 입안을 크게 만들어 혀를 적극적으로 움직이는 그 발음은 아무래도 불가능했다. 문제는 소설의 첫 장에만 Woods가 일곱 차례나 등장한다는 사실이었다. 이것은 숲에서 산책하던 세쌍둥이가 폭사하며 시작되는 이야기이기 때문이다. 제임스는 Woods를 'The tree line' 정도로 교체해가며 수를 줄였지만, 미미했다. 수차례 연습 후에도 내 발음에 전혀 진전이 없자, 그의 표정이 급격히 어두워지기 시작했다. 나는 내 발음에 큰 기대가 없고, 또 영어가 서툰 외국인이라는 사실을 받아들인 지 오래인데, 제임스는 내가 망신이라도 당할까 걱정이 되는가보았다. 제임스는 미국에서 나고 자랐지만 때때로 상당히 한국적이다. 괜찮아. 걱정하지 마. 내가 되레 근심 걱정에 놓인 제임스를 다독였다.

★ 2015년 9월 27일 일요일

뉴올리언스 여행을 위해 3시 15분에 호텔 로비로 내려가야 했기 때문에 정신을 바짝 차리고 있었는데 너무 집중해서인지 도통 잠이 오지 않아 30분쯤 쪽잠을 자고 나갔다. 다들 비몽사몽간에 짐을 챙겨 나온 것 같았다. 비행기는 6시 정각에 시카고 오헤어 공항으로, 8시 30분엔 오헤어 공항에서 뉴올리언스로 향했다.

호텔에 짐을 풀고 점심식사를 하러 근처 식당에 들렀을 때, 시간은 1시 30분을 가리키고 있었다. 우리가 간 레스토랑은 관광객들을 위한 식당 같았다. 대낮에도 밴드가 연주를 했다. 몇몇은 이 지역 음식이라는 잠발라야를, 나와 비암바, 조안나는 구운 새우와 앙두이 소시지, 그리고 이곳 사람들이 즐겨 먹는다는 옥수수를 빻아 만든 그리츠를 함께 먹었다. 피곤한 탓인지 음식이 입에서 겉돌았다. 비암바는 피로와 함께 형편없는 음식의 맛, 비싼 가격까지 더해 내내 기분이 좋지 않아 보였다.

버스 투어를 간다는 몇몇을 뒤로하고 호텔로 돌아왔다. 잠이 필요했다.

호텔은 무척 작았다. 바닷가 여인숙도 아닌데 기이한 습기가 있다. 침구는 차갑고 눅눅했다. 그러나 이러한 열악함에도 불구하고 침대에 눕자마자 잠이 들어 사위가 어둑해졌을 때에야 깨어났다.

저녁 산책이라도 할까 싶어 버번가로 향했다. 그곳에 재즈 클럽들이 집결해 있다고 들었기 때문이다.

어디선가 흥겨운 음악 소리와 환호성이 들려왔다. 길거리 공연이라도 있나. 나는 소리를 좇았다. 그러나 아무리 음악 소리를 따라가보아도 환호하는 무리들의 실체가 나타나지 않았다. 기이한 일이었다. 나는 로열가와 버번가를 지나 20여 분을 형체 없는 소리를 따라 걸었다. 포기해야 하나 생각할 즈음, 멀리 경찰차의 꽁무니가 보였다. 환호성도 더 가깝게 들렸다. 경찰차의 사이렌 불빛을 따라 뛰듯 걸었다.

그제야 비로소 축제의 무리를 발견했다. 흰 정장을 차려입은 사람들이 행진을 하고 있었다. 밴드가 그들을 따랐다. 무리 가장 앞, 환하게 미소 짓는 커플이 있었다. 결혼 축하 행진이었다.

★ 2015년 9월 28일 월요일

1

뉴올리언스에 왔으니 거리라도 걸어야 한다는 의무감에 샤워를 했다. 시카고 여행 전부터 컨디션이 좋지 않았는데 내내 정신이 나지 않았다. 꽤 긴 호텔 생활, 매끼 사 먹는 음식들 때문에 조금씩 피로가 누적되는 것 같았다.

아침의 뉴올리언스 거리는 정체를 알 수 없는 물로 흥건했다. 온 가게들이 쓰레기통을 골목에 내놓아 쓰레기 냄새가 진동했다. 아침을 먹으러 미리 보아둔 식당을 향해 발을 옮겼지만, 거리를 가득 메운 물비린내와 쓰레기 냄새, 축축한 공기, 그와 대비를 이루는 강한 햇빛 때문에 식욕이 조금씩 달아나고 있었다. 결국 10여 분을 걸어 식당에 도착했지만 유리문 앞을 서성이다 발길을 돌려야 했다.

재즈 바가 줄지어 늘어선 버번가를 지났다. 어제의 떠들썩함과는 사뭇 다르나, 아침부터 길거리 공연은 이어진다. 관광객들이 주변을 에워싸고 있다. 길이 반듯하고 바둑판 모양으로 구획되어 있어, 길을 잃을 염려는 없다.

간밤에 비가 왔는지 길 한가운데 커다란 지렁이 한 마리가 있다. 갑자기 찾아온 햇빛에 고통스러운 듯 몸을 뒤튼다. 튀밥처럼 공중으로 높게 튀어오른다. 옆에 떨어진 작은 나뭇잎 아래로 몸을 숨겨보려 하지만 역부족이다. 지렁이는 곧 말라 죽을 것이다.

이곳의 분위기를 어떻게 설명할 수 있을까. 프랑스 식민의 잔재, 미시시피 강과 밀접한 토착적 분위기, 거기에 미국식 관광 문화가 덧입혀진, 세상 어디에도 없는 도시 같다. 우리가 머물고 있는 곳은 관광단지이기 때문에 실제 주민들의 생활 영역과는 거리가 있다. 레스토랑도 지역 음식을 값비싸게 내다파는 형태가 주를 이루고 있어 음식의 질에 비해 가격이 만만치 않고, 대체로 입맛에 맞지 않다. 대부분의 레스토랑은 악어, 거북이, 민물가재와 같은 민물어종, 굴 등을 다루고 있는데 날것이나 찐 것보다는 튀긴 형태가 대부분이다. 나흘 내내 이런 것들을 먹을 순 없으니 음식을 고르는 것이 여간 고역스럽지가 않다.

가족 단위의 관광객들, 색색의 영어 글자나 야자수가 프린트된 반팔 티셔츠에 반바지, 배낭을 멘 거구의 백인들, 아침부터 술을 마시는 사람, 보도블록에 드러누워 잠을 자는 사람, 질 좋아 보이는 스웨터에 에나멜 플랫슈즈를 신고 마른 길을 골라 다니는 중년의 커플이 한 거리에 뒤섞여 있다.

2

늦은 오후, 야엘이 아침 대신 먹을 쿠키를 사고 싶다고 했다. 마침 아침 산책 중 우연히 보아둔 쿠키 가게로 야엘을 데리고 가던 중에 어떤 남자가 경찰차로 연행되는 것을 보았다. 야엘은 등뒤로 두 손이 묶인 채 끌려가는 남자를 보며 연신 불쌍하다고 말했다. 끌려가는 남자가 어떤 죄를 지었는지, 혹은 죄 없이 끌려가는 것인지 우리로선 알 수 없었지만, 분명 저 남자는 무죄일 것이라고, 야엘은 말했다. 불쌍해. 너무 불쌍해. 야엘은 한동안 자리를 뜨지 못한 채 남자를 거칠게 연행하는 경찰들을 혐오의 눈길로 쳐다보았다. 끌려가는 사람과 끌고 가는 사람은 서로 다른 피부색을 갖고 있었다.

★ 2015년 9월 29일 화요일

1

아침 일찍 늪지대 투어를 다녀왔기 때문에 오늘 저녁 낭독회는 가지 않기로 했다. 체력을 모두 소진한 기분이었기 때문이다. 고등학교 수학여행 이후 자의로 하지 않는 일 중 하나가 단체 관광인데, 이곳에선 매번 가이드가 붙어 사람들을 이리로 저리로 데리고 다닌다. 가기 전에는 무슨 영문인지 몰라 따라나섰다가, 단체 관광이라는 것을 깨닫고는 급격히 후회하다가도 막상 새로운 것을 보면 눈이 현혹되어 졸졸 따라다니다가, 결국 녹초가 되어 다시는 단체 관광을 하지 않으리라 다짐하는 과정을 매번 반복하고 있다.

어젠 야엘의 강력한 추천으로 칵테일 투어를 했다. 가이드가 지정한 장소에서 만나 간단히 인사를 하고, 두어 시간 동안 세 군데 정도의 바에 들러 추천 칵테일을 한 잔씩 마신다. 이동하는 동안 뉴올리언스의 역사나 건물에 얽힌 일화 등에 대해 듣는다. 우리는 가이드비만 1인당 25달러에 칵테일 비용은 별도로 지불해야 한다는 사실을 가이드를 만나고 나서야

알았다. 물론 팁도 주어야 했다. 나는 가이드의 설명을 다 알아들을 재간도 없었을뿐더러 한참을 걸어 칵테일 한 잔을 10여 분간 마시고, 취기가 오른 상태에서 다시 다른 바로 이동해야 했기 때문에 영 집중이 되질 않았다. 우린 유명한 부두교 무당이 살았다는 집, 고급 요정으로 위세를 떨쳤던 유서 깊은 식당에 들렀다. 그러나 모두 지나간 일, 당시의 아우라는 없었다.

2

이곳의 가장 큰 장점이라면 길에서 생맥주를 사 마실 수 있다는 것이다. 지천이 술집이다. 그중엔 테이크아웃 생맥주를 파는 펍도 있다. 나는 맥주를 사들고 호텔로 돌아왔다. 호텔 안뜰엔 작은 수영장과 테이블이 있어 휴양지 기분이 난다. 잠시 후 낭독회에서 돌아온 비얌바와 마주쳤다. 내가 그에게 맥주를 권하자, 고개를 젓는다. 목 뒤에 커다란 종기가 나서 당분간 술을 마실 수 없다고 했다. 그는 아내에게 보여주려 휴대폰으로 찍어두었던 종기 사진을 보여준다. 검지 손톱만한 종기가 붉게 부풀어오르고 주변에 생채기가 나 있다. 덧난 것 같았다. 아무래도 너무 일찍 짼 것 같아. 비얌바가 얼굴을 찡그렸다.

★ 2015년 9월 30일 수요일

야엘은 호텔 침구의 끈적끈적함에 대해 말했고, 마리는 터무니없이 작은 책상에 대해 말했다. 아이오와에서라고 호텔 생활이 아닌 것은 아니었지만 아무래도 관광지의 산만함, 열악함과는 비할 바가 못 되는 듯했다.

무키Mookie Lacuesta가 우리 호텔의 알 수 없는 음습한 분위기에 대해 말하기에 나는 오늘 새벽에 겪은 일을 이야기해주었다. 새벽녘 잠에서 깨어났을 무렵, 갑자기 지진이 일어난 듯 침대가 크게 요동쳤던 것. 무키는 큰 눈을 더 크게 뜨고는 꿈꾼 것 아니냐고 물었다. 전혀 아니었어. 나는 짐짓 심각한 얼굴로 답했다. 나는 승강기 옆방이었는데, 밤새 이상한 삐거덕거림에 시달렸어. 마리가 말했다. 승강기 움직이는 소리 아니야? 아냐. 그런 소리가 아니었다니까. 뭔가 있어.

나는 우리의 대화를 비얌바에게 말해주었다. 그러자 비얌바는 한술 더 떠서, 어젯밤 책상 위에 올려둔 펜이 저절로 굴러떨어지더라는 이야기를 들려주었다.

길을 걷다 각종 광고가 붙은 여행사 유리창에 '유령 투어'라고 쓰인 안내 광고를 보았다. 유령이 주로 출몰한다고 알려진 집들을 관광하는 프로그램이었다. 이곳에선 미지의 존재도 투어의 대상이 된다. 그러나 이 유령 출몰의 유래에는 슬픈 역사가 있다. 아프리카에서 노예로 끌려온 사람들이 이곳에 정착하면서 아프리칸 토착 종교인 부두교도 함께 흘러들었는데, 그것이 개신교와 결합하여 독자적인 종교 형태로 변형되었다는 것. 그 신비주의적 속성이 인종차별과 노예 학대로 빚어진 참극이라는 구체적 사건과 만나 유령의 형식으로 잔존하게 된 것.

내일 다시 아이오와로 돌아간다. 조금 길고 지루한 여행이었다.

★ 2015년 10월 1일 목요일

아이오와로 돌아와 통장 잔고를 확인하고 깜짝 놀랐다. 통장에 10달러밖에 남아 있지 않았다. 나흘간의 여행 동안 300달러나 썼다. 숙박료는 IWP에서 지불했으므로 거의 먹는 것으로 그 정도의 금액을 지출한 셈인데 무얼 먹었는지 떠올리자면, 도통 기억에 남는 것이 없다. 다만 팁을 내느라 정신이 없었다는 것만 떠오른다.

누군가 방문을 두드려 나가보니, 나자렛이 이번 주 일정표를 준다. 이곳은 매주 금요일, 일주일치의 스케줄이 빼곡히 적힌 일정표를 준다. 일정은 변동 없이 정해진 시간, 정해진 장소에서 이루어진다. 행사가 없는 날은 일주일에 하루 정도다. 나는 아침저녁으로 세목을 확인한 후에야 하루를 계획한다. 계획이라고 거창하게 말했지만, 책방에 들르거나 도서관에 빌린 DVD를 반납하러 가거나 하는 정도의 사소한 일과들이다.

나자렛은 일정표와 함께 유인물 몇 개를 더 얹어주었다. 인쇄물 모서리에 삐뚠 볼펜 글씨로 내 이름이 적혀 있다. 제임스가 준 새로운 소설이다.

처음엔 A4 용지 두어 장 분량의 짧은 이야기들이었는데, 어느덧 열 장 정도의 완연한 단편소설을 보내온다. 그 종이 뭉치를 받고 나자 비로소 일상으로 돌아온 것 같았다. 이런 생활이 일상이라니. 어느덧 이곳이 익숙해졌나보다.

★ 2015년 10월 2일 금요일

유메이에게서 한국 식당에 함께 가자고 문자가 왔다. 그전에도 여러 차례 거절했던 터라 더이상 거절하고 싶지 않아 가겠노라 했다. 사람들은 내가 김치나 한국 음식을 그리워하지 않는 것에 대해 이상하게 생각했는데, 나는 그 생각들이 더 이상하게 느껴졌다. 평생 먹어온 음식이니 몇 달쯤 먹지 않아도 괜찮지 않은가. 어쨌거나 나와 유메이, 무키, 안토니오, 테레사, 아키가 호텔 로비에서 모여 함께 걸었다. 식당은 마을 외곽에 있어 30분이나 걸렸다. 걷기를 좋아하지 않는 안토니오는 음식이 반드시 맛있어야 할 것이라며 걷는 내내 투덜댔다.

식당은 절반은 일식, 절반은 한식 메뉴로 운영되었다. 유메이의 추천에 따라 삼겹살과 불고기를 주문했다. 불판 가까이 앉은 내가 고기를 구웠다. 사실 무쇠 솥뚜껑에 돼지고기 굽는 법을 누가 알고 있으랴 싶었다. 유메이와 안토니오, 무키는 한국 음식에 익숙해 알아서 잘 먹었지만, 테레사와 아키는 낯설어 보여 신경이 쓰였다. 그러다 문득 이런 어색함이 싫어 다른 이들과 한국 식당에 가지 않았음을 깨달았다. 이국의 한식당이라는 게 대부분 어설프기 마련이어서 편하게 음식을 먹을 환경이 되지 않을 뿐 아니라, 내가 한국 음식 사절단도 아니기 때문에 이런저런 설명과 선택, 심지어 추천을 해야 하는 난감한 상황을 피하고 싶었던 탓이다. 어쨌거나 다들 간장과 설탕이 주재료인 갈비 양념을 좋아해 삼겹살까지 갈비 양념에 발라 먹었다. 유메이는 순두부찌개를 시키더니 뚝배기에 능숙하게 밥을 말아 먹었다.

식사가 끝나갈 즈음, 나와 테레사를 제외한 작가들이 쉐라톤 호텔에서 주최하는 파티에 초대를 받아 가기로 했다는 사실을 알았다. 그들은 내일부터 열리는 북 페스티벌에 참여하는 작가들이어서, 공짜 맥주 쿠폰 두 장과 함께 초대장을 받았다고 했다. 북 페스티벌에 참여하지 않기로 한 나와 테레사는 초대장도, 맥주 쿠폰도 없었기 때문에 호텔로 돌아가야겠다고 결론지었는데 갑자기 안토니오가 쉐라톤 호텔에 모두 함께 가야 한다고 주장하기 시작했다. 초대장 따위 형식에 불과하다며 일단 가기만 하면 공짜로 술도 마실 수 있을 거라고 했다. 정말 재미있을 거야. 확실해. 나만 믿어. 꼭 같이 가자. 안토니오는 무구하고도 확신에 찬 표정으로 우리를 설득했다. 무키가 자신의 맥주 쿠폰을 나누어주겠다고 거들어 결국 모두 쉐라톤으로 향했다.

★ 2015년 10월 3일 토요일

온종일 북 페스티벌이 열리는 날이라 대부분의 작가들이 뿔뿔이 흩어져 토론이나 낭독에 참여하느라 호텔은 무척 한산했다. 행사에 참여하지 않는 야엘은 미용실에 머리 염색 예약을 해놓았다고 했다. 여기랑, 여기랑 여기. 야엘은 염색해야 할 부위로 머리카락의 뿌리 부분과 눈썹, 콧수염이 난 부위를 가리킨다. 나는 일주일 앞으로 다가온 패널 디스커션이 신경이 쓰여 작업을 하러 나갔다.

이 작고 한산한 마을은 북 페스티벌에 풋볼 경기까지 겹쳐, 전체가 축제 분위기였다. 길을 막고 맥주를 팔았다. 사람들은 대낮부터 맥주 컵을 손에 든 채 타코나 소시지 같은 것을 노상에서 먹었다. 떼를 지어 몰려다니며 노래를 부르거나 대로를 사이에 두고 건너편의 누군가와 고함을 치듯 이야기를 나눴다. 공공도서관 앞 작게 마련된 판매 부스에 몇 권의 책을 널어놓고 팔았다. 들뜬 분위기와는 달리 날씨는 어둡고, 바람이 세고, 스산했다.

어수선한 분위기에 일하기를 포기하고 호텔로 돌아왔다. 책상 위에 뉴올리언스에서 가져온 포스터가 있다. 뉴올리언스 일정 이틀째 되는 날, 마리와 폴린의 낭독회가 구식 인쇄소에서 있었다. 일일이 금속 틀을 만들어 잉크를 묻히고, 수동으로 찍어내는 전통 방식을 따르지만 결과물은 무척 현대적이다. 그룹 구성원들 모두 아주 젊고, 활기가 있었다. 인쇄소는 허허벌판에 있었다. 마리와 폴린은 그곳에서 프로젝터를 이용해 짧은 상영회를 열었다. 그들은 마리의 시 「눈Snow」의 이미지 포스터를 만들었다. 푸른색 그림자의 사내가 눈길을 걷는 모습이 인쇄되어 있다. 사내의 그림자 아래 시의 일부가 양각으로 떠 있다.

죽은 이를 애도하는 눈 더미, 눈 속 죽은 사람, 눈 속 조문객, 난민 캠프가 얼어붙은 이들로 가득차는 동안, 땅을 뒤덮는, 눈 더미 아래 불룩 튀어나온 천막들, 희망esperanza, 희망이라는 지옥, 안의 배, 난류, 강물 속 책.

★ 2015년 10월 4일 일요일

아침부터 패널 디스커션의 원고 때문에 상당히 스트레스를 받고 있었다. 오늘 오후까지 영어로 원고를 작성한 후 제임스와 만나 손을 보기로 했는데, 도무지 진전이 되지 않았다. 내가 쓰고 있는 말들이 제대로 된 것인지 확신이 없으니 문장 하나를 만드는 것이 바닷물에 손을 넣어 물고기를 잡으려는 것처럼 막막했다. 몇 시간을 책상 앞에서 씨름하다 자포자기의 심정으로 드러누워버렸다. 며칠 전 야엘이 영화를 보자고 해 오후 5시에 영화관에 가기로 미리 약속을 해놓은 상태라 시간이 다가올수록 마음이 불편해졌다.

5시에 가까워지자 방문 너머로 복도를 지나는 발소리, 소곤대는 목소리가 들려온다. 나는 더이상 지체할 수 없다는 생각에 영화관에 가지 못하게 되었다고 말하기 위해 방문을 열었다. 그곳엔 이미 야엘과 마리, 나엘, 무키가 기다리고 있었다. 내가 패널 디스커션의 원고 때문에 갈 수 없다고 말하자 마리는 흙빛이 된 내 얼굴을 빤히 보더니 영화를 보러 가자고 손을 이끌었다. 미국 영화이니 영어 공부가 될 것이라면서, 글도 더 잘 써질 것이라고 엉뚱한 주장을 늘어놓았다. 꼭 가야 해. 꼭 봐야 해. 이 가벼운 강요는 마리가 가장 잘하는 설득의 기술 중 하나다. 나는 거의 끌려가듯 엘리베이터에 어영부영 탑승했다.

영화관은 호텔에서 10여 분 거리의 시내에 있다. 마을이 워낙 작아 어느 곳에 가더라도 20여 분을 넘지 않는다. 마리와 함께 걸으며 나는 여기에 어학연수를 받으러 온 학생인지, 아니면 작가로 참여한 것인지 분간이 가지 않는다고 투정을 부렸다. 왜 내가 영어 때문에 이렇게 골머리를 앓아야 하는지 모르겠어. 마리는 명쾌한 얼굴로 답했다. 번역가에게 부탁해. 왜 네가 그런 시간을 낭비해야 해? 넌 그냥 한국어를 쓰면 되는데. 마리는 한국어로 쓴 원고를 번역가에게 보내는 게 여의치 않으면 구글 번역기에 돌려버리라고 했다. 네가 그럴 시간이 어디 있어? 소설을 써야지, 한국어로.

일순 머리가 맑아지는 기분이었다. 놀랍게도 나는 누군가에게 번역을 부탁하면 된다는 사실을 전혀 고려하지 않고 있었다. 왜 모든 걸 직접 해야만 한다고 생각했던 것일까. 이 외국어 환경에 어째서 그토록 잘 적응해야 한다고 생각하고 있었던 것일까. 고작 세 달도 채 안 되는 기간인데.

마리는, 자신은 이 바닥에서 오래 살아남은 사람이니 자신의 말을 믿으라고 했다. 나는 가벼운 발걸음으로 영화를 보러 갔다. 무엇이 중요한가. 무엇을 선택해야 하는가. 안개가 걷히는 기분이 들었다.

Miller

★ 2015년 10월 5일 월요일

한 달 반이 넘도록 단지 기억을 저장하기 위한 방편으로 짧은 문장을 끼적이는 것 외에 한국어를 쓰지도, 말하지도, 책을 읽지도 않았더니 단순한 에세이를 쓰는 것조차 영 어색했다. A4용지 한 장짜리 원고를 쓰는 데 하루종일 걸렸다. 굼벵이처럼 느리게 한 문장씩 한 문장씩 걷는다. 때때로 언어란 놀랍도록 유약하다는 생각이 든다. 마치 스위치를 켜고 끄듯 하나의 언어에 불이 들어오면 다른 언어는 잠이 든다. 나는 아직 불어로 읽고 쓰는 일이 영어보다는 아주 조금 더 익숙하지만, 이곳에서 아나스와 불어로 대화해본 적은 없다. 한마디가 입에서 떨이지지 않는다. 영어 스위치에 불이 들어와 있기 때문이다. 이것은 모국어가 아닌, 불편한 외국어 스위치다. 어제 영화를 보고 돌아오는 길에 히브리어를 전공한 이집트의 소설가 나엘이 말했다. 이상해. 영어를 쓰고 있으면 히브리어 단어가 떠오르질 않아. 나는 나엘의 불편한 외국어 스위치가 영어 쪽을 향하고 있기 때문이라고 말했다. 아마도 이 낯선 언어들에 조금 더 적응이 된다면 그땐 스위치를 옮기는 일이 한결 수월해질 것이겠지만, 아직은 요원한 일이다.

나엘은 야엘과 매주 만나 히브리어로 쓰인 안톤 샴마스Anton Shammas의 소설 『아라베스크Arabesques』를 함께 읽고 있다. 안톤 샴마스는 팔레스타인인 아버지와 레바논인 어머니를 두었다. 이스라엘 내 아랍계 크리스천 마을에서 나고 자랐다. 야엘이 자랐던 키부츠와도 지척인 곳이다. 그는 예루살렘에서 영어와 아랍 문학, 예술사를 공부했다. 1986년 이스라엘에서 출간된 소설 『아라베스크』에는 1981년 안톤 샴마스가 IWP에 참여했던 흔적이 담겨 있다. 나엘과 야엘은, 이처럼 그와 삶의 아주 사소한 몇 가지 부분을 공유하고 있다. 그것이 인연이 되어 함께 책을 읽게 되었노라 말했다. 책은 여덟 개 언어로 번역되었다. 큰 성공이었다. 이듬해 안톤 샴마스는 미국으로 거처를 옮겨 지금껏 살고 있다. 한때 이스라엘과 이집트는 버스로도 오갈 수 있었다지만, 지금은 불가능하다.

오후에 야엘에게 전화가 왔다. 내가 발표 수업에 나타나지 않자 걱정이 되었던 모양이다. 야엘은 항상 주변을 살핀다. 누군가 눈에 보이지 않으면 찾고, 안부를 묻는다. 어디서든 잘 지내고 있다 여겨지면 더이상은 신경쓰지 않는다. 나는 야엘에게 7시면 다 쓸 수 있을 것 같다고 말했고, 정말 저녁 7시가 되었을 때 원고를 마쳤다. 번역가에게 원고를 보내고 나자 마음이 놓였다.

도서관에 들러 DVD를 하나 빌렸다. 맥주 한 캔과 말린 소시지, 치즈 한 조각, 자두 한 개, 아보카도 반 개를 먹었다. 마음의 절반은 찜찜하고, 절반은 홀가분했다.

★ 2015년 10월 6일 화요일

패널 디스커션의 원고 때문에 며칠간 골머리를 앓았던 것에 대한 보상으로 스스로에게 선물을 하기로 했다. 인터넷 쇼핑몰에 접속해 반나절간의 망설임 끝에 겨울용 스웨터 한 벌을 장만했다. 스웨터의 가격이 꽤 비쌌기 때문에 오늘부터는 하루에 15달러씩만 쓰기로 결심했다. 어제 IWP로부터 받은 한 달치 생활비는 930달러였다. 정확히 31일치. 하루에 30달러씩이다.

한국에서 커다란 소포 박스를 받았다. 햇반 여러 개와 김, 통조림 밑반찬, 컵라면, 볶음 고추장, 그리고 염색약이 들어 있다.

나는 욕실 거울 앞에서 염색약 상자를 꺼냈다. 몇 년 전부터 흰머리가 너무 많아 매달 새치 염색을 하고 있다. 굵고 뻣뻣한 머리칼이라 새치가 눈에 잘 띄는 탓도 있다. 1957년생인 엄마는 모질이 얇고 가느다란 밝은 갈색 머리카락을 갖고 있다. 여태 새치 염색 따위 해본 일이 없다는데 나는 어쩐 일인지 모르겠다. 결 고운 긴 머리는 포기한 지 오래다.

상자엔 튜브 형식의 산화제와 염모제, 비닐장갑, 염색보, 그리고 산화제와 염모제를 동시에 짜 넣을 수 있도록 두 부분으로 나뉘어 깊게 홈이 파인 염색용 빗이 들어 있다. 두 개의 크림을 나란히 짜넣고 빗질을 하면 그만이다. 이 정도 속도라면, 예순엔 반백도 무리 없겠다.

★ 2015년 10월 7일 수요일

1

세종학당에서 강연이 있었다. 세종학당은 아이오와 대학의 한국계 재학생들이 대상인 한국 문학 수업이다. 강의실에 들어서니 열여덟 명의 학생들이 있다. 대부분은 중고등학교 때 조기 유학을 왔다고 했다. 대학을 졸업하고 온 학생이 한둘, 미국에서 나고 자라 한국말이 어눌한 학생도 두엇 있다. 그들은 수업에 참여하는 것에 의의를 둔다고 했다.

수업은 질의응답만으로 1시간 15분쯤 이어졌다. 사소한 질문들, 작가의 일상에 대한 궁금증, 미리 나눠주어 읽어보았던 내 단편소설에 관한 궁금증들을 털어놓았다. 나는 학생들에게 이곳에서의 생활이 어떤가 물었다. 대부분 고작 스무 살 남짓이어서, 인생의 3분의 1이나 2분의 1 정도를 타지에서 보낸 이들이 많다. 그들은 이곳에서 이방인이겠지만, 한국에서도 차츰 이방인이 되어가고 있다고 느낄 것이다. 문화나 감정처럼 맥락과 연속성을 지닌 것들은 기간이 얼마가 되었든 서로 부재하는 동안 정지해 있는 것이 아니라 사이가 벌어져버린다. 피치 못할 멀어짐을 경험한다.

때때로 극복 불가능하게 되어버린다.

이제 스무 살이 갓 지난 학생 하나가 말했다. 명절에 한국에 갔더니 친척 하나가 왜 너는 점점 바보가 되어가느냐 타박을 했다고 했다. 그러면서 자신의 한국어 발음이 점차 어눌해지기 때문이라고 자책한다.

2

저녁에 공용 응접실에서 라엣의 생일잔치가 있다고 들었지만, 강연에서 꽤 긴장을 했던 터라 피곤이 몰려와 그만 잠들어버렸다. 잠결에 박수 소리를 들었다. 라엣은 생일 선물로 낭독을 부탁했다.

정신을 차리고 보니 밤 10시였다. 더이상 박수 소리가 들리지 않는 것을 보니 낭독은 끝이 난 모양이었다. 나는 축하 인사라도 해야겠다 싶어 응접실로 갔다. 테이블 구석에서 바텐더처럼 팔을 걷어붙이고 세사레를 만드는 안토니오가 보였다. 낮에 시카고에서 사들고 온 술로 세사레를 만들겠노라 공언하던 모습이 떠올랐다. 그의 앞에는 절구와 라임, 설탕, 술병이 부산스레 놓여 있었다. 나를 발견하고는 한잔하라며 손짓을 했다.

안토니오는 술에 대해 잘 안다. 그는 소설을 쓸 때 글에 걸맞은 한 종류의 술을 골라, 마시면서 글을 쓴다고 했다. 글을 쓰기 전엔 지나치게 긴장을 하기 때문에 술이 꼭 필요하단다. 나는 그의 소설이 힘을 들이지 않고 경쾌하게 쓰였다는 느낌을 받았는데 아마도 술의 힘이었나보다.

세사레를 만드는 것은 노동에 가까웠다. 컵에 반으로 자른 라임을 가득 담고, 긴 나무 막대로 힘껏 짓이겨 즙을 낸다. 동량의 술을 따르고 얼음을 붓는다. 잔에 넘칠 듯이 가득, 술이 찬다. 옆에 앉은 아키는 원하면 설탕을 부어 먹어도 좋다고 했다. 나는 단 술을 좋아하지 않아 그대로 먹었다. 잠이 깨는 청량한 맛이다.

술을 들고 돌아서자, 제임스가 구석에 앉아 있다. 내가 세종학당의 강연에 다녀왔다고 했더니, 어땠느냐 묻는다. 나는 아주 의미 있었고, 대부분의 학생들이 한국말이 능숙해 오래간만에 한국어로 말할 수 있어 더욱 좋았다고 했다. 제임스가 농담인지 진담인지 한국말 못해서 미안해, 라고 말했다. 나는 당황해 말문이 막혔다. 아니라고 고개만 젓고 왔는데 그게 마음에 걸린다. 더 적극적으로 아니라고, 네가 미안해할 일이 결코 아니라고 말해줬어야 했는데.

★ 2015년 10월 8일 목요일

저녁을 먹기 위해 더 밀에 갔다. 마리와 야엘은, 우리가 헤어질 날에 대해 말했다. 마리는, 나는 울 것 같아, 라고 말했다. 나도 울 것 같다고 답했다. 야엘은, 자신은 이별에 강한 사람이니 절대 울지 않을 것이라 호언장담했다. 일정의 중반을 지나자 끝에 대해 이야기하기 시작한다.

야엘과 나는 라자냐 하나를 시켜 나누어 먹었다. 우리는 이곳에서 식사를 할 때면 매번 라자냐 하나를 시킨 뒤 나누어 먹는다. 야엘은 원체 양이 적었고, 나는 술을 마셔야 하기에 가능하면 적게 먹고 싶었던 탓이다. 야엘은 여느 때처럼 마가리타를 마시고, 나는 마가리타를 마시다 맥주를 마시다 했다.

★ 2015년 10월 9일 금요일

오늘은 내 패널 디스커션이 있는 날이다. 주제는 고대 희랍어로 묘사, 서술을 뜻하는 '에크프라시스Ekphrasis'다. 여타 예술 장르가 어떻게 영감을 주고, 또 창작 행위에 무슨 영향을 끼치며, 어떠한 방식으로 재해석되는가에 대한 논의. 토론에 참여한 작가는 나를 포함, 여섯 명이다. 우리는 자신이 미리 작성한 두 장 남짓의 글을 차례로 읽고, 각자 간단한 질문을 받았다. 무키와 라엣은 사진과 그림을 준비했다. 필리핀에서 온 시인 무키는 달리의 그림을 시로 변용한 것을 들고 나왔다. 무용수로도 활동하는 누군가는 연단에서 간단한 춤을 추어 보였다. 창작 방법론의 장이 된 셈이다.

나는 글쓰기와 음악에 관하여 썼다. 쓰는 내내 부끄럽고 망설여졌다. 나는 글쓰기의 어려움이나 글쓰는 과정상의 내밀한 습관 따위에 대해 누군가와 구체적으로 이야기해본 적이 없다. 누구나 글쓰는 것은 쉽지 않고, 창작자라면 누구든 하나쯤은 부끄러운 버릇을 갖고 있을 것이기 때문이다. 그것은 진부한, 구질구질하고 지난한 과정에 지나지 않는다.

그럼에도 불구하고 나는 음악과 관련한 창작 습관 하나를 소개하였다. 나는 안토니오가 하나의 작품을 쓸 때 한 종류의 술을 고르는 것처럼 글을 시작하기 전, 음악을 찾는다. 등단작을 쓸 때부터 갖고 있었던 버릇이니, 10여 년이 되었다. 한번 쓰인 음악은 다시 쓰지 않는다. 하나의 작품은 그에 걸맞은 하나의 곡과 짝을 이룬다. 노트북 폴더엔 개별 작품의 제목 옆에 곡명이 붙어 있다. 때때로 음악을 찾느라 마감에 쫓기면서도 며칠씩 허비한다. 찾아지지 않는 음악 탓을 하는 것이다.

토론석에 앉기 전, 무키에게 혹시 내가 질문을 알아듣지 못하면 도와줄 수 있겠느냐고 물었다. 나는 그 무엇보다, 질문을 알아듣지 못할까 긴장이 되었다. 착석을 한 후 고개를 들었을 때, 내 눈이 닿는 곳에 마리와 야엘이 나란히 앉아 있었다. 나를 향해 살짝 손을 흔들어 보였다. 환하게 웃었다. 나도 답례하듯 웃어 보였는데, 그러자 긴장이 조금씩 누그러졌다. 나는 무키와 중간중간 메모지에 단어를 적어가며 질문을 재차 확인한 후 답했다. 그렇게 한 고비가 지났다.

★ 2015년 10월 10일 토요일

에피지 마운드Effigy Mounds 국립공원으로 소풍을 갔다. 에피지 마운드는 선사 유적이 보존된 곳으로, 천여 년 전 아메리카 원주민들이 동물의 형상을 띤 흙무덤을 만들어놓은 것으로 유명하단다. 두 그룹으로 나누어 밴에 올랐다. 하나는 긴 코스, 하나는 짧은 코스. 긴 코스는 에피지 마운드의 시청각 자료 관람이 포함된 모양이었다. 나는 이제 막 물들기 시작한 단풍 구경만 하고 싶어 짧은 코스를 택했다. 인솔자를 포함해 여섯 명이다.

숲은 아직 청량했다. 잎이 마르지 않아 축축한 풀냄새가 났다. 바람이 불 때마다 잎사귀들이 서로 부대끼며 요란한 소리를 냈다. 흙은 부드럽고, 아직 꽃이 있었다.

야엘과 나는 언덕을 오르며 동물의 형상을 한 아주 낮은 봉분을 맴돌았다. 이게 큰 곰 모양이라는데? 전혀 곰 같지 않은데. 이건 어때? 이건 작은 곰이래. 도무지 모르겠는데. 야엘과 내가 곰의 머리와 다리를 찾는 사이, 우리는 일행으로부터 낙오되어버렸다.

야엘과 나는 일행을 따라잡기 위해 30여 분간 산을 올랐지만, 아무도 보이지 않았다. 지도를 뚫어져라 보았지만 현재 위치를 알 수 없었다. 이곳은 표지판이 대단히 소극적으로 놓여 있어 아마 갈림길에서 잘못된 선택을 한 모양이었다. 우리는 길을 잃었다. 야엘과 나는 이미 한 시간 반이 넘게 숲을 걷고 있었으므로, 더이상 일행을 따라잡지 않고 산을 내려가기로 했다. 공원 입구로 돌아가 산 정상을 찍고 내려올 사람들을 기다리기로 했다. 그런데 아무리 걸어도 우리가 보았던 큰 곰 작은 곰이 나타나지 않았다. 나는 슬슬 걱정이 되기 시작했다. 야엘은 짐짓 아무렇지 않은 척 했지만, 불안 지수가 점점 상승하는 것 같았다. 나에게 끝도 없이 질문을 던졌기 때문이다.

유진, 나머지 사람들은 도대체 어디에 있을까? 어떻게 우리를 두고 앞서갈 수가 있지? 우리를 찾아 헤매면 어쩌지? 만나지 못하면 어쩌지? 유진, 우리가 먼저 내려가는 게 옳은 걸까? 내려가지 말고, 온 길로 되돌아가서 긴 코스를 택한 다른 일행을 찾아봐야 하는 건 아닐까, 유진……

공원 입구로 돌아가려면 내리막길을 가야 했지만, 어찌된 일인지 우리는 계속 오르막길을 걷고 있었다. 인적이 없었다. 산은 지나치게 고요했다. 다시 한 시간 가까이 헤맸을 때, 다행스럽게도 반대 방향에서 내려오는 노부부 한 쌍과 마주쳤다. 우리가 공원 입구에 가려 한다고 말하니 그들은 우리가 정반대 방향으로, 그러니까 산 정상을 향해 걷고 있노라 말해주었다. 그들이 가리키는 지도상 위치를 보니 정상까지 한 발자국 남은 채였다. 불현듯 30여 분 전 갈림길에서 보았던 이정표가 머릿속을 스쳐지나갔다. 그 이정표는 산 정상으로 향하는 것이었는데 그때 야엘은, 우리는 저쪽으론 갈 필요가 없지, 라고 말하면서 정확히 이정표가 가리켰던 방향으로 걸어갔다. 나는, 그런데 왜 길이 하나뿐일까, 곰곰이 생각하며 야엘의 뒤를 따랐던 것이다.

우리는 노부부의 뒤를 따라 공원 입구로 내려갔다.

날씨가 참 좋다, 그렇지, 유진?

응. 정말 날이 좋아.

저 사람들을 만나서 정말 다행이야. 우리 정말 운이 좋았어.

맞아, 아주 운이 좋았어.

그런데 사람들이 우릴 찾으러 다니는 건 아니겠지?

설마.

유진, 우리가 지금이라도 산 정상으로 가야 하는 건 아니겠지? 그들이 우릴 찾아 헤매는 불상사를 겪어선 안 될 텐데.

절대 아닐 테니까 걱정 마.

혹시 지금 휴대폰 연결 돼? 문자라도 보내야 하는 거 아닐까?

먹통이야. 어찌되었든 우리는 공원 입구 주차장에 가서 아이오와 대학 마크가 새겨진 차량을 찾고, 그 근방에서 기다리기만 하면, 조금 늦더라도 일행을 만날 수 있을 테니 걱정 마.

그래 그래. 우린 정말 운이 좋았어. 노부부를 만나지 않았다면 어찌

되었겠어?

그래, 운이 정말 좋았어.

날씨가 참 좋다, 그렇지, 유진?

우리가 공원 입구에 도착한 지 20여 분 후 느긋하게 산 정상을 찍고 돌아온 일행을 다시 만날 때까지 야엘의 질문은 정확히 위의 순서로 끝없이 반복되었다. 야엘의 불안과 안도가 뒤섞인 질문 공세와 추임새처럼 들어가는 내 이름이 꼬리를 물고 우리의 뒤를 따랐다. 나는 녹초가 되었다. 그러나 숲은 아름다웠다. 땀에 젖은 옷 사이로 바람이 불어 오한이 서렸다. 날이 기울었다.

★ 2015년 10월 11일 일요일

카렌이 홋나의 집에서 타코를 만들 테니 함께 저녁식사를 하자고 했다. 홋나의 집이라면 언제든 가고 싶다. 아늑하고 따듯하고 너그럽다. 카렌이 타코를 만드는 동안, 폴린이 스프링롤을 만들었다. 카렌은 아보카도가 어마어마하게 들어간 과카몰리를 만들었는데, 그렇게 많은 아보카도를 원 없이 먹은 것은 처음이었다. 나는 옆에서 폴린이 스프링롤 만드는 것을 조금 도왔다. 폴린은 김밥 크기로 롤을 만들어 서로 달라붙지 않도록 표면에 올리브오일을 발라놓았다. 타코와 스프링롤을 배불리 먹고, 술을 한껏 마시고, 춤을 추고, 작별 인사를 나눴다.

마리와 야엘이 앞서 걸어가고 있었지만 따라잡고 싶지 않았다. 나란히 걷는 둘의 뒷모습을 보며 적당히 거리를 두고 걸었다. 둘은 나이가 비슷해서인지 사이가 긴밀해 보였고, 내가 모르는 어떤 것들을 공유하는 것 같았기 때문이다. 사거리 편의점을 지나자 도넛 냄새가 물씬 풍겼다. 다디단 기름 쩐 내가 났다.

이쯤에서 오른쪽으로 꺾어야 호텔 방향이건만, 왜인지 둘은 하염없이 직진하고 있어 나는 할 수 없이 큰 소리로 이름을 불러 둘을 멈춰 세웠다. 이쪽으로 가야지. 마리와 야엘이 꿈에서 깨어난 듯 주변을 두리번거렸다. 멈춰 서서 나를 기다렸다. 가로등 불빛 때문에, 나무가 누런빛을 띠었다. 호텔 건널목 앞에서 자전거를 타고 어딘가로 사라졌던 폴린이 불쑥 나타났다. 우리는 작별 인사를 하고 각자의 방으로 돌아갔다.

★ 2015년 10월 12일 월요일

한밤중에 몸이 너무 가려워 잠에서 깨어났다. 거울을 보니 목, 팔, 등 부위가 얼룩덜룩하다. 날벌레에 물린 모양이다. 얼추 세어도 서른 군데가 넘는다. 어제 낮, 데인Dane족 농장에 초대를 받아 점심식사를 했는데, 그때 물린 모양이었다. 농가와 밭 주위에 심은 나무 아래, 모기가 바글바글했었다. 잠자기를 포기하고 일어나 간지러움을 잊어보려 인터넷을 뒤적였다. 음원 사이트에 들어가 충동적으로 두 장짜리 음반의 음원을 결제했다. 꼭 들어야 하는 음악도 아니고 마음에 든다는 보장도 없는데, 유료라면 더없이 절실해진다. 결제하고 보니 35,000원이나 되어 후회가 밀려왔다.

시간을 확인하니 새벽 3시다. 이번 주 금요일 낭독회에서 읽을 원고를 확인했다. 제임스와 상의한 결과 나는 단편소설을 8분간 영어로, 2분간 한국어로 낭독하기로 했다. 제임스가 7분 정도 다른 작품을 읽어주겠노라 했다. 내게 할당된 시간은 20여 분 남짓이다. 나는 작품을 읽는 동안 시간을 재 분량을 정했다.

아침 일찍 올드 캐피털에서 단체 사진 촬영이 있었다. 어찌된 일인지 나만큼 모기에 시달린 사람이 없다. 붉은 반점이 목 주변에 집중되어 있어 마주치는 사람마다 내 목을 가리키며 식겁했다.

간단한 촬영을 마치고 마리와 야엘의 방으로 가, 뉴욕에서 볼 연극 표를 예매했다. 제임스가 강력히 추천한 작품이었다. 공연장이 무척 작아 미리 예매해두어야 한다고도 했다. 나는 어차피 절반 정도밖에 못 알아들을 것이기 때문에 연극에 큰 기대가 없었는데, 마리가 희곡집이 책으로 출판되어 있으니 미리 읽어볼 수 있을 것이라고 등을 두드렸다.

애니 베이커Annie Baker, '영화The Flick', 11월 8일 저녁 7시, 배로우 스트리트 극장Barrow Street Theatre.

우리는 11월 7일 뉴욕에 도착한다. 11월 10일, 각자의 나라로 돌아간다.

★ 2015년 10월 13일 화요일

어제 야엘이 준 진정 크림을 발랐지만, 도무지 가라앉을 기미가 보이지 않았다. 간지러움에 눈을 뜨니 새벽 4시다. 결국 9시가 지나자마자 약국으로 달려갔다. 약사는 알레르기 같다고 했다. 먹는 약과 환부에 바를 진정 크림을 사들고 돌아왔다. 약이 졸릴 것이라 경고를 했는데, 아침에 두 알을 먹은 후 날이 저물 때까지 잠을 잤다.

이 주의 영화는 유메이가 소개한, 〈To Singapore with Love〉라는 제목의 다큐멘터리였다. 정치적 이유로 추방당해 고국 땅을 밟지 못하는 싱가포르의 추방자들에 관한 짧은 이야기다. 민주화 운동을 벌이다 공산주의자로 몰려 타국을 떠도는 사람들, 구순 노모의 생일 축하하고 싶어 영국에서 말레이시아로 날아가 가족을 만나는 이가 있었다. 고국이 지척에 있어도 갈 수 없다. 다큐는 싱가포르 내에선 상영이 금지되었다고 했다. 경제적 풍요와 정치적 성숙이 일치하지 않는 또다른 예일 것이다.

영화관에서 나와 무키, 마리와 피자 한 조각을 먹으며 늦은 저녁을 때웠다. 어느덧 늦가을 날씨다. 춥고 바람이 차갑다. 가시지 않은 약기운에 구름 위를 걷는 듯 몽롱하다. 마리와 무키의 빠른 영어가 한 귀를 통해 다른 귀로 빠져나간다.

★ 2015년 10월 14일 수요일

야엘이 아침 일찍 시카고로 떠났다. 그곳에서 애인과 재회를 하고, 일요일에 돌아올 것이다.

어제 저녁 알레르기 약을 한 알 먹고 잠이 들었는데, 오후가 되어서도 정신이 나질 않는다. 그래도 약을 먹는 편이 좋다고 생각했다. 간지러움이 한결 덜하기 때문이다. 엄지손톱만하던 염증이 새끼손톱 크기로 줄었다. 제임스와의 약속을 내일로 미뤘다. 낭독회가 얼마 남지 않았지만 오늘은 쉬는 편이 좋을 것 같았다. 바람이 무척 차갑다. 햇빛은 뜨겁다.

도서관에서 DVD 하나를 빌렸다. 〈토니 타키타니〉다. 〈토니 타키타니〉는 무라카미 하루키의 동명 소설을 영화화한 것으로, 2005년 가을 개봉했으니 처음 본 지 10년이 지난 셈이다. 종로 시네코아에서 영화를 보고 맞은편 라면 가게에 들러 라면 한 그릇을 먹고 돌아온 기억이 있다. 둘 다 지금도 있는지는 알 수 없다. 그후론 매해 가을이면 〈토니 타키타니〉를 찾아본다. 그래서 이젠 가을이 되면 영화가 생각나는지, 영화가 생각나 문득 고개를 들면 가을이 왔다고 느끼는지 모를 정도다.

영화는 고독한 이름을 갖고 태어나 고독을 대물림하고, 혹은 받고, 대물려줄 이 없이 사라질 어떤 남자에 대한 이야기이다. 그러나 가만히 그 고독의 얼굴을 들여다보고 있노라면, 영화가 끝난 이후엔 역설적이게도 고독의 반대편에 생각이 머문다. 그래서 나는 매해 이 영화를 보아왔다.

★ 2015년 10월 15일 목요일

지난주 토론이 끝난 후, 아이오와 대학의 교수이자 IWP의 스태프 중 한 명인 휴Hugh Ferrer가 나를 불러 워싱턴 현대 무용단과의 협업에 대해 이야기했다. 나는 그것을 아이오와 대학원 무용과의 공연을 말하는 줄 알고 대충 고개를 끄덕이고 말았는데, 아침에 휴로부터 세부 사항이 적힌 메일이 도착했다. 아이오와 대학과는 별도로, 워싱턴 현대 무용단에서 몇몇 작가의 작품을 선정해 공연을 하려는데, 내 것을 원했다고 했다. 원한다면 직접 출연할 수도 있다고, 휴는 덧붙였다. 공연은 11월 4일로 우리가 워싱턴 D.C.에 도착한 첫날이다. 나는 텍스트와 안무가 어떤 식으로 협업이 가능한가 짐작조차 할 수 없었고 작가가 무대에서 어떤 '행위'를 하는 것이 멋질 것이라는 생각은 전혀 들지 않았다. 메일에 단편을 첨부하며 참여하게 되어 무척 기쁘지만, 공연에 직접 등장하는 것은 어려울 것 같다고 덧붙였다.

내일 있을 낭독을 위해 제임스를 만나러 샘보우 하우스로 갔다. 제임스는 건물 2층에 머물며 IWP에 관련한 각종 업무를 본다. 2층에 올라가니 그의 컴퓨터 모니터에 우리에게 나눠줄 일정표가 떠 있다. 일정표 날짜 칸 아래에는 항상 글쓰기에 관한 명언이나 명작의 한 구절 같은 게 적혀 있었는데, 그것을 누가 매주 찾는 수고를 마다하지 않나 했더니 제임스였다. 다음주 일정표에는 '천 리 길도 한 걸음부터'라고 쓰여 있다.

★ 2015년 10월 16일 금요일

낭독이 있는 날이다. 내내 긴장되고 울적한 기분이 들었다. 20분간의 낭독 절반은 내가, 절반은 제임스가 할 예정이었다. 나는 근작인 「여름」을 영어와 한국어로 나누어 읽고, 제임스는 「늑대의 문장」의 편집본을 읽을 것이다. 샘보우 하우스에 가니 제임스가 낭독을 한다고 이발을 하고 나타났다.

단상에 올랐다. 그런데 한가운데 있는 마이크에 가려 글자가 두 겹으로 보였다. 가슴이 뛰면서 불길한 예감이 엄습했다. 나는 실눈을 뜨고 더듬더듬, 책에 빨려들어갈 듯 고개를 처박고 읽었다. 연습을 많이 했는데 당황하니 목소리가 한없이 작고 느려졌다. 다행히 뒤이은 제임스의 낭독이 훌륭해 어찌어찌 무마되었다. 제임스는 자신의 취향대로 작품을 축약해놓았는데, 제법 그럴듯했다. 참석자들은 낭독보다는 한국에서 챙겨온 소책자와 세종학당에서 준비해준 떡과 식혜에 훨씬 큰 인상을 받은 눈치였다. 참으로 다행스러운 일이었다.

낭독이 끝난 후 폴린과 마리가 꼭 안아주었는데, 또 한차례 곤혹스러운 과제를 끝냈다고 생각하니 눈시울이 뜨듯해졌다. 내가 넋이 나가 있는 사이, 낭독회에 온 작가들이 한데 모여 게이 클럽에 가자고 의기투합을 하고 있었다. 드래그 퀸Drag queen 공연 보러 가자. 다들 신이 났다. 나와 마리, 안토니오와 폴린은 중국 식당에서 저녁을 먹고, 나머지는 브레드가든 마켓에서 저녁식사를 한 뒤 클럽에서 모이기로 했다. 어찌된 영문인지 폴린이 내내 안토니오에게 가시 돋는 말을 해, 나와 마리는 양쪽의 눈치를 보느라 안절부절못했다. 날이 이례적으로 추워 어깨가 절로 움츠러들었다. 추위를 많이 타는 안토니오가 덜덜 떨자, 마리가 말했다. 긴장 풀어. 그래야 덜 추워. 스칸디나비아인의 충고다.

나는 낭독이 어찌되었든 매우 부끄러웠고 기분도 좋지 않았지만, 이미 지나간 것이니 그냥 잊기로 했다. 클럽에 도착해 술을 한잔 마시자, 나머지 일행들이 속속 도착하기 시작했다. 우리는 안토니오와 아키의 주문에 따라 이름도 모르는 술을 마셨다. 시골 클럽이 사람들로 가득찼을 때, 바의 입구에서 반짝이가 박힌 레오타드를 입은 드래그 퀸이 음악에 맞추어 천천히 걸어 들어오기 시작했다. 지폐를 든 관객들의 볼에 차례로 입을 맞추고, 돈을 낚아채, 가슴속에 넣는다.

★ 2015년 10월 17일 토요일

아침에 로셸Rochelle Potkar에게 전화가 왔다. 어제 열이 많이 나 낭독회에 참석하지 못했다며, 소책자에 대해 이야기했다. 문화예술위원회에서 제작해준 귀여운 모양새의 책자에 대해 전해 들은 모양이었다. 나는 애석하게도 남은 것이 하나도 없었다. 샘보우 하우스에 혹시 몇 부가 남아 있을지도 모른다고 알려주었다.

12시가 지났지만 숙취가 지독했다. 두통과 울렁거림 때문에 허리가 펴지지 않을 정도였는데, 마리가 찾아와 방문을 두드렸다. 같이 커피 마실까, 날이 무척 좋아. 마리는 햇빛과 시원한 공기가 숙취에 도움이 될 것이라고 했다.

우리는 강이 내려다보이는 테라스에서 커피를 마셨다. 공기는 차고 맑았다. 마리의 말대로, 볕이 무척 좋았다. 행사가 있을 예정인지 정장을 입은 사람들이 강변에 간이의자 50여 개 정도 배치하고, 마이크를 설치하기 시작했다. 잠시 후 웨딩드레스와 연미복을 입은 남녀, 간소한 디자인의 실크 드레스를 입은 다섯 명의 여자와 성장을 한 다섯 명의 남자가 나타났다. 결혼식 예행연습이었다. 신랑과 신부는 무척 어려, 갓 스무 살이 지난 듯 보였다.

어제는 드래그 퀸, 오늘은 결혼식이네. 우리는 좋은 구경거리를 만난 사람들처럼 신이 났다. 각자의 위치에서 줄을 맞춰 선 얼굴들이 붉고 화사해 보였다. 등뒤로 강물이 햇빛에 부서지듯 반짝이며 물결을 이뤘다. 그들의 모습에서 어젯밤 보았던 드래그 퀸들의 모습이 떠올랐다. 가능한 한 화려하게 꾸민, 공상적이라고 표현할 수 있을 만큼 과장되게 치장한 외양에 감탄했다. 190센티미터는 되어 보이는 장신의 미인들을 바라보다, 문득 레오타드의 솔기 부분이 닳아 구멍이 난 것이 보였다. 보지 말아야 할 것을 본 것 같아 고개를 돌렸지만 내내 생각이 났다. 생활의 고단함이 느껴져 쓸쓸한 기분이 들었다.

우리는 양지바른 곳에서 대화를 나누다 숙소로 돌아왔다. 마리의 말대로 숙취가 아주 조금 가신 듯했다.

★ 2015년 10월 18일 일요일

하우스키퍼가 문을 두드려 잠에서 깨어났다. 어제부로 비치된 욕실 타월이 다 떨어졌다. 기약 없이 하우스키퍼를 기다려야 할지, 세탁을 해서 써야 할지를 두고 고민 중이었던 터라 득달같이 달려나갔다.

프레리 라이츠 카페에서 커피와 검은깨가 박힌 파운드케이크를 주문하고 컴퓨터를 켰다. 야엘에게 메일이 와 있다.

야엘은 오늘 오후 아이오와로 돌아온다. 마리랑 함께 저녁 먹자. 야엘이 말한다. 나는 야엘에게, 네가 무척 보고 싶었노라 말했다. 날씨에 민감한 야엘을 위해, 이곳의 공기는 무척 차갑지만 햇빛은 따듯하다고 알려주었다. 올드 캐피털 한가운데 자리한 커다란 나무, 정수리부터 차근차근 붉게 단풍이 지는 사진 한 장을 첨부했다.

★ 2015년 10월 19일 월요일

제임스가 보내준 소설을 뒤늦게 펼쳤다. 한국계 미국인으로 짐작되는 데이비드 훈 킴David hoon kim의 단편이다. 소설은 파리에 사는 일본계 덴마크인 청년 '나'와 그의 일본인 여자친구 후미코의 이야기로 시작된다.

후미코는 언젠가부터 방문을 걸어 잠그고 열지 않는다. 그들은 조심스럽게 연애를 시작해 정다운 한때를 보냈지만, 후미코는 방 밖을 나서지도, 누군가를 방안에 들이지도 않는다. 문을 열어달라 애원하는 그에게, 후미코는 문을 열면 네가 없을 것 같다, 는 역설적인 이유를 대며 거절한다. 그들은 문을 사이에 두고 그들의 공용어인 불어로 대화를 나눈다. 후미코의 딱딱한 프랑스어 발음 때문에 화자는 때때로 그녀의 말을 잘못 이해하곤 한다. 그녀 때문에 그의 인생은 애매해져버렸다. 그는 먹고살기 위해 번역 아르바이트를 구한다. 일견 그럴듯해 보이지만, 실상 과학적 증명이 불가능한 엉터리 논문이다. 그러나 보수가 굉장하다. 의뢰인은, 장님인 노인이다.

이러한 지나치게 복잡하게 중첩된 언어, 문화적 설정은, 해가 난 곳을 향해 일제히 고개를 돌리는 꽃 대가리처럼 하나의 방향성을 지닌다. 오해, 혹은 의미의 빗겨남일 것이다. 간힌, 혹은 가둔 후미코는 언어가 갖는 유약성의 체화인 듯 보인다. 오해로 시작해 증발로 끝을 맺는다.

★ 2015년 10월 20일 화요일

날이 저녁 무렵인 듯 어둑해 문득 시간을 확인해보았다. 아직 한낮이다. 블라인드를 여니 비가 내리고 있다. 천둥이 친다. 나는 비를 핑계로 먹다 남겨둔 술을 주섬주섬 꺼냈다.

제임스에게 메일 한 통이 왔다. 짐이 많이 늘어난 작가들을 위해 고국으로 미리 짐을 부칠 수 있도록 우체국에 데려다주겠노라 했다. 벌써, 이렇게 시간이 지났나. 문득 마음 한구석이 가라앉는 기분이 든다. 한동안은 시간이 너무 더디게 가 달력의 숫자를 하루하루 펜으로 지워가며 보내곤 했었다.

제임스의 메일 아래, 폴린이 보낸 메일 한 통이 보인다. 내일 오픈 키친에서 비빔밥을 만들 예정이란다. 이곳에선 매주 수요일 따로 마련된 부엌을 쓸 수 있다. 몇몇은 매주 부엌에 가 일주일간 먹을 음식을 만들곤 한다. 나는 딱 한 번, 폴린이 비빔밥 만드는 법을 알고 싶어해 만들어주러 간 적이 있었다. 폴린은 참기름, 아직 갖고 있느냐고 묻는다.

날씨에 민감한 야엘과 매일매일 오늘은 춥다, 내일은 더 춥다더라, 아니 이번 주는 괜찮다, 언제쯤 날이 맑아질까, 시카고는 어떨까, 뉴올리언스는 어떨까, 아이오와에 돌아가면 그곳 날씨는 어떨까, 손으로 꼽아보곤 했는데 그러면서 하루하루가 지나가고 있음을 잊고 지냈던 모양이다.

★ 2015년 10월 21일 수요일

1

요즘은 우기라도 되는 듯 매일 비가 내린다. 아침부터 천둥이 쳐 블라인드를 열었더니 장대비가 내리고 있다. 아침식사를 하러 드나드는 사람들의 발소리, 말소리도 모두 가시고 나자 사위가 한없이 고요하다.

어제 저녁엔 로셀이 가져온 인도 영화 상영회가 있었지만 가지 않았다. 비를 뚫고 세 시간짜리 오래된 인도 영화를 보러 갈 자신이 없었기 때문이다. 나는 방안에서 음악이나 들으며 오래간만의 고요를 즐겼다. 8시쯤 되었나. 폴린이 참기름을 빌려달라며 문을 두드렸다. 나는 폴린에게 참기름을 주며, 혹 세탁이 필요하면 꼭 내 세탁 세제를 써달라고 부탁했다. 얼마 전 새로 산 세탁 세제가 거의 새것처럼 남은 탓이었다. 아이오와를 떠날 날이 머지않았는데, 바보같이 대용량을 샀다. 우리가 복도에서 참기름과 세탁 세제를 들고 잡담을 나누는 사이, 영화관에 갔던 작가들 몇몇이 터벅터벅 돌아오고 있었다. 영화가 시작한 지 채 한 시간도 지나지 않아서였다.

로셸에게는 미안하지만, 앉아 있기 어려웠어.

로셸에게 미안하다고, 비록 중도 포기했지만 너를 좋아하는 마음과는 별개라고 편지를 써야겠다고 야엘이 말했다.

이제 시간이 많지 않아, 우리는 이런저런 행사에 기웃거릴 여력이 없다. 작가들은 자신의 방에서 작업하는 데 시간을 보내는 일이 많아졌다. 대체로 소규모로 움직이고, 시간 낭비일 것 같으면 지체 없이 방으로 돌아온다. 먹고 싶지 않은 음식을 호기심이나 사람들과 함께하고 싶어 따라나서는 경우도 별로 없다.

나는 이 고요와 동떨어짐이 좋다.

2

야엘, 나엘, 무키와 아랍 식당에서 저녁을 먹었다. 식당에 가는 내내 야엘과 나엘이 후무스를 처음 만든 나라가 어딘지를 두고 갑론을박했다. 나는 아무래도 상관없었지만, 그들에겐 아주 오래된 논쟁이라고 했다. 식사 후 폭스헤드에서 맥주를 한잔하던 중, 맥주를 마시러 온 다른 무리와 만나 자리가 커졌다. 12시까지 술을 마시고 돌아왔다.

호텔 방문 앞에 무언가가 가지런히 놓여 있었다. 참기름 병과 도시락 크

기의 밀폐용기였다. 커다랗게 내 이름이 적힌 메모지가 눈에 띄었다. 폴린이 한 일이었다. 나는 방에 들어가자마자 밀폐용기의 뚜껑을 열어보았다. 용기 바닥에 밥을 깔고, 각종 채소볶음을 밥 위에 가지런히 덮었다. 내가 만들어주었던 비빔밥과 꼭 같은 모양새였다. 이런 게 비빔밥 스승에 대한 예우라는 것인가.

나는 훅 끼친 참기름 냄새에 허기가 밀려오는 것을 느꼈다. 포크로 밥을 슬슬 비며 입에 넣으며 표고니 돼지호박이니, 양파, 소고기, 숙주, 당근 따위를 곱게 채 썰고 볶고 데치고 했을 폴린의 느긋한 모습을 떠올렸다. 밥은 아직 온기가 남아 있었다. 아껴 먹고 싶을 정도로 맛이 좋았다.

★ 2015년 10월 22일 목요일

세종학당의 주최로 교민들을 대상으로 한 낭독회가 있었다. 행사가 끝난 후 세종학당의 교수 부부와 저녁식사를 하고 돌아왔다. 그들의 아이도 만났다. 열 살 남짓이다. 아이는 태어난 지 얼마 지나지 않아 이곳으로 왔다. 그래도 한국말을 잘하네. 내가 말하자, 절대 아니라며 고개를 세차게 젓는다. 더 잘해야 하는데. 아이가 말을 얼버무린다. 요즘은 피아노를 배우는데 한참 어려운 데라서 골치가 아프다고 했다. 그렇지? 나도 어릴 적에 배웠는데 너무 어렵고 지겨웠어. 아이가 수줍게 웃는다.

호텔에 돌아오니 응접실이 떠들썩했다. 2001년 IWP에 참가했던 이스라엘의 소설가 에트가르 케레트Etgar Keret가 와 있었다. 그는 행사차 아이오와에 왔다가 옛 추억이 그리워 이곳에 들렀다고 했다. 그는 대단한 재담꾼 타입인 듯했다. 대화를 나눈다기보단 강연이나 인터뷰를 하듯 작가들이 그 주변에 둘러 앉아 무용담을 듣고 있었다. 그는 발리에서 열리는 문학 축제에 우여곡절 끝에 참석하게 된 일들을 유머러스하게 늘어놓았다. 인도네시아와 이스라엘의 교류가 허가되지 않았고, 그럼에도 발리에 가고 싶었던 그는 멱살잡이를 당해가며 어찌어찌 발리의 문학 축제에 참석할 수 있게 되었는데, 그의 노력을 높이 산 주최 측이 맨부커상 수상자와 노벨상 수상자에게만 제공하는 포시즌스 호텔의 줄리아 로버츠의 이름을 딴 스위트룸을 주었다는 것.

멀찍이 떨어진 자리에 앉아 있는 마리가 보였다. 스톡홀름에서 마리의 막내아들이 왔을 것이다. 약간의 돈을 지불하면 이곳에서 얼마간 가족과 함께 지낼 수 있다. 마리에게는 각각 이십대 중반과 고등학생인 두 아들이 있다. 마리는 아이가 여러 번의 환승을 거쳐 홀로 이곳까지 잘 올 수 있을지 염려스러워했다. 아들은 왔어? 내가 입 모양으로 물었다. 잠들었어. 마리가 고개를 베개에 눕듯 기울여 보였다.

★ 2015년 10월 23일 금요일

오늘도 비가 온다. 비가 온 후면 한 움큼씩 단풍이 떨어져버리는 것이 너무 아깝다.

패널 디스커션 참석을 위해 공공도서관으로 가는 길, 마리와 그녀의 아들 리오Leo를 만났다. 리오는 자그마한 체구, 머리색, 눈 색까지 모두 엄마를 닮았다. 발목까지 오는 가죽 코트를 입고, 엄마와 나란히 비를 맞으며 걷고 있다. 나란히 웃는 모습이 똑같이 생겼다. 리오는 이제 열여덟 살이라고 했다.

나는 미리 와 있던 야엘의 옆자리에 앉았다. 야엘의 옆엔 아르멘이 앉아 있었는데, 아르멘은 생각보다 참을성이 없어서 재미가 없으면 하품을 한다거나 한숨을 쉬고 잡담을 하곤 했는데, 야엘이 지속적으로 아르멘의 옆구리를 찌르며 그를 다독였다.

주제는 문학과 영화였다. 폴린은 토론자 중 하나였다. 그는 영화와 책에 대한 짧은 산문을 읽고, 3분짜리 영상을 보여주었다. 폴린은 섬세하고 서정적이다. 화면 구석의 파리 한 마리도 큰 역할을 한다. 사소한 것을 크게 보고 무겁게 느껴 때때로 어린아이 같다. 나는 이곳에 오기 전 만났던 내 친구의 딸아이를 떠올렸다. 아이는 이제 세 살이 되어 그림책에 재미를 붙였다. 엄마가 책을 읽어주면 이야기와 그림을 짝지어 기억해두었다가, 마치 직접 책을 읽는 것처럼 동화책을 펼쳐놓고 설명해 보였다. 아이는 곰에 대해 이야기하기 시작했는데, 나는 펼친 페이지의 삽화 어디에도 곰을 찾을 수 없어 책의 앞뒤를 뒤적거렸다. 율아, 그런데 곰이 어디에 있어? 이모는 못 찾겠어. 그러자 아이는 책 모서리 쪽번호 옆에 애기 손톱만 한 크기로 인쇄된 무언가를 가리키며 여기, 라고 말했다. 내 눈엔 들어오지 않는 것이 아이에게는 다른 것들과 똑같이 중요한 무언가가 된다. 나는 폴린에게서 그와 유사한 것을 느꼈다.

★ 2015년 10월 24일 토요일

아침 일찍 헬시 홀로 갔다. 아이오와 대학원 무용과의 공연에 대한 첫 미팅이 있는 날이었다.

안무가와 두 무용수는 한창 연습중이었다. 안무를 맡은 알본Alvon은 거구의 남성이었는데, 다리를 다쳤는지 깁스를 하고 있었다. 목발을 짚고 이리저리 오갔다. 알본 옆엔 동양인 남성이 노트북을 만지작거리고 있었다. 그는 한국인인 음대 대학원생으로, 공연에 쓰일 음악을 맡았다.

공연은 「늑대의 문장」의 일부분을 발췌해 만든, 7분간의 안무로 이루어졌다. 알본은 이제 막 가슴이 나오기 시작한 소녀가 무덤이 즐비한 언덕 위에 누워 자신의 유방을 쓰다듬는 장면을 안무의 포인트로 골랐다. 초반 안무를 시연한 후, 알본이 나의 코멘트를 원했다. 나는 가슴을 좀더 천천히 더듬는 게 어떨까, 라고 제안했다. 자라고 싶지 않은 소녀의 내면과 그와 무관하게 성장하기 시작한 신체 사이의 불균형에 대해, 두려움과 불쾌감에 대해 설명했다. 그에 따라 알본은 안무를 수정하고 리허설을 이어나

갔다. 그는 내가 무대에 올라 한국어로 작품을 읽는 것에 대해 이야기했다. 나는 더이상 사람들 앞에 나서고 싶지 않아 그보단 녹음을 하는 편이 나을 것 같다고 말했다.

★ 2015년 10월 25일 일요일

아침에 비귈에게 메일이 와 있어 열어보니, 어젯밤 자신이 저지른 실수에 대한 절절한 사과의 글이 담겨 있었다. 어제 저녁, 캐서린의 삼촌이 소유한 별장에서 포틀럭 파티가 있었다. 별장은 강과 산을 끼고 있어 퍽 아름다웠다. 아르멘과 비귈이 보트를 타고 호수 한가운데로 나갔는데 그 모습이 유유자적하게 보여 좋았다.

저녁을 먹고 한창 술을 마시던 중, 비귈이 입은 녹색 외투가 예뻐 만지작거렸더니 엊그제 구제 옷 가게에서 30달러를 주고 샀다고 자랑을 했다. 옷은 진녹색 털실로 짜여 있었는데, 작은 옷깃에 나무 단추가 달렸다. 결이 곱고 부드러웠다. 이거 캐시미어래. 캐시미어가 30달러밖에 안 한다고? 비귈은 내가 옷을 마음에 들어 하는 듯 보였는지 자꾸 입어보라고 권했다. 나는 장난삼아 옷을 걸쳐보고 벗었다. 마리가 옆에서 너무 잘 어울린다고 부추겼다. 비귈은 호텔로 돌아가면 나에게 주겠다고 했는데, 사실 옷은 비귈에게 훨씬 잘 맞았다. 나는 웃으며 사양했다. 그런데 비귈은 옷을 입어보라고 권한 자신의 행동이 예의 없게 느껴졌나보았다. 내가 술에 취했었는지 너에게 옷을 입어보라고 강요를 하다니 진심으로 미안해, 라고 거듭 말했다. 나는 비길에게, 어제는 덕분에 무척 즐거운 시간이었고, 너의 옷은 여전히 너무 예뻐 탐이 난다고 답장을 보냈다.

오후엔 야엘의 낭독회가 있어 프레리 라이츠 서점으로 갔다. 미리 와 있던 마리의 뒷모습이 보였다. 날이 궂어서인지 빈자리가 꽤 있어 자리도 메울 겸 빈 곳 가운데로 가 앉았다.

인기척이 느껴져 옆을 보니 마리가 왼쪽 옆자리로 와 앉았다. 낭독 시작 직전, 제임스가 초코바를 들고 나타나 오른쪽 옆자리에 앉았다. 귓가에 부스럭거리는 소리가 들려 살짝 뒤를 돌아보니, 마리의 아들 리오가 레모네이드를 마시며 마리와 나 사이에 고개를 들이밀고 있었다.

하루하루가 큰 보폭으로, 날이 갈수록 더 큰 보폭으로 지나가고 있다.

★ 2015년 10월 26일 월요일

폭스헤드에서 술을 마시던 중, 야엘이 화장실에 간다며 자리에서 일어났다가 금세 다시 돌아왔다. 화장실에 누군가 있었기 때문이었다. 야엘이 귓속말로 말했다.

나는 화장실 앞에서 줄 서고 싶지 않아. 왜냐면, 줄 서 있으면 볼일 보고 나온 사람과 얼굴이 마주치는데 서로 민망하잖아. 너는 이해하지?

야엘은 뉴올리언스 이후 우리가 특정한 부분에서 비슷한 예민함을 지니고 있다고 생각하고 있었다. 그 시작은 단순히 호텔의 환경 때문이었다. 야엘은 뉴올리언스 호텔의 '기묘한 끈적임'에 대해 성토했는데, 애석하게도 그 끈적임Sticky을 이해하는 사람이 오로지 나뿐이었기 때문이다. 야엘은 호텔의 불쾌한 끈적임에 대해 지속적으로, 근성 있게 사람들에게 동의를 구했지만, 누구도 그곳에 불만을 갖지 않았다. 나를 제외하곤 말이다. 어쨌든 끈적이는 바닥, 끈적이는 침구, 끈적이는 책상 등, '끈적이는'이라는 형용사는 둘만의 고립된 단어가 되어버렸다.

안쪽 자리에 앉아 있던 야엘을 대신해 유메이가 바에서 술을 주문해 가져다주었다. 야엘이 돈을 주려 하자, 유메이가 괜찮다고 손사래를 쳤다. 야엘은 유야무야 잔을 받아들었는데, 잠시 후 근심스러운 얼굴로 내게 속삭였다.

유메이에게 술값을 주고 싶은데 어쩌지?

나는 말했다.

그럼 기다렸다가, 유메이가 두번째 맥주를 시킬 무렵 자연스럽게 맥주를 사주는 건 어때?

오, 좋은 생각이야. 야엘이 말했다. 그러고는 술자리가 이어지는 내내 유메이의 맥주잔만을 주시했는데, 안타깝게도 유메이의 맥주는 도통 줄어들 생각을 하지 않았다. 야엘의 얼굴에 먹구름이 꼈다. 시간은 점점 흘렀다. 결국 기다리다 못한 야엘이 유메이에게 맥주 한 잔을 더 권했는데, 유메이는 불행히도 그만 마시겠노라 말했다. 야엘의 어깨가 축 처졌다.

★ 2015년 10월 27일 화요일

1

또, 여전히 비가 내린다. 계절이 바뀌려고 앓는 몸살 같다. 막상 비가 내리는 것을 보고 있으면 머리가 맑아진다.

중앙도서관에 마리나 츠베타예바Marina Tsvetaeva가 쓴 음악 에세이를 찾으러 갔지만, 백여 권에 이르는 책을 뒤져도 음악에 관한 에세이는 찾을 수 없었다. 가끔 어떤 책들은, 마치 풍문으로 전해진 전설의 비서처럼 느껴질 때가 있다. 누군가 장황하고 유려하게 책에 대한 찬사를 퍼부어 호기심에 실체를 찾아 나서면, 영 보이질 않는다.

2

저녁엔 팔레스타인인 감독의 다큐 상영이 있었다. 제목은 〈The 18 Wanted〉. 여기서 열여덟 명의 수배자는 사람이 아니고 소다. 이스라엘 내 팔레스타인 마을 주민들은 키부츠에서 소 열여덟 마리를 구입해 자신들이 직접 우유를 생산, 공급하기로 계획한다. 이것은 평화로운, 비폭력 독립운동의 시작이다. 처음엔 성공적이었다. 사람들은 더이상 이스라엘로부터 힘겹게 우유를 공급받지 않아도 되는 것에 기뻐했지만, 곧 이스라엘 정부는 팔레스타인 마을이 자체적으로 소를 키우는 것을 불법으로 간주한다. 그렇게 소들은 이스라엘 군부로부터 지명 수배의 대상이 된다. 이 영화는 클레이 애니메이션을 이용해 소들 하나하나에 이름과 인격을 부여한다. 그래서 팔레스타인 독립운동으로 연결되는 이 역사적 사건은, 일종의 우화처럼 보인다. 시종일관 유머러스함을 유지하는 것은 긴 절망, 찰나의 희망을 이야기하기 위한 몇 가지 방식 중 하나일 것이다. 그러나 그 경쾌한 절망이 더 쓴맛으로 남았다.

★ 2015년 10월 28일 수요일

우체국에 가는 날이다. 어제 저녁 무키에게 빌린 종이 박스를 꺼내 책을 나눠 담았다. 책을 살 때에는 어째서 한국으로 가져가야 한다는 사실을 망각하는지 모르겠다. 내가 한국의 친구에게 배송비 걱정 등의 푸념을 늘어놓자 그녀는 말했다. 앞으로는 그냥 목록을 적어놓기만 해. 아마존에 다 있어. 주문만 하면 집으로 와.

로비에 나가자 제임스가 밴을 끌고 와 있다. 무키는 아들에게 보낼 장난감을 한아름 갖고 나왔다. 나는 요즘 읽는 희곡이 꽤 재미있다고 제임스에게 말했다. 제임스가 추천해준, 뉴욕에서 보게 될 연극이다. 작가 애니 베이커의 이름만 듣고도 화색을 띠며 좋아하더니, 일순 난처한 표정을 짓는다. 마리 때문이다.

요즘 마리는 제임스에게 함께 뉴욕에 가자고 조르는 중이다. 뉴욕 일정에 제임스는 참여하지 않기 때문이다. 가려면 자비로 가야 하는 게 문제였다. 마리는, 그토록 애니 베이커를 좋아하면서 실제로 그녀의 연극을

본 적이 없는 제임스가 안타까웠는지, 이번 기회에 직접 봐야 한다고 지속적으로 주장했다. 제임스는 자신이 뉴욕에 가기 위해 치러야 하는 비용에 대해 언급했는데, 그런 것으로는 전혀 설득되지 않았다. 나는 마리가 어째서 그토록 제임스의 등을 떠미는지 이해할 수 없었다. 좋아하는 작가의 연극을 직접 보는 것이 그에게 어떤 계기, 어떤 자극이 되어줄까. 그러한 확신이 있는 것인지 짐작이 되질 않는다. 나는 단호하게 거절하지 못하고 미적대는 제임스에게 가고 싶지 않으면 안 가면 돼, 편하게 생각해, 라고 의견을 보탰다.

★ 2015년 10월 29일 목요일

침대 옆 협탁 위에 카드키를 올려두었는데 오늘 확인해보니 여섯 장이나 된다. 카드키를 방에 두고 문을 닫아버려 프런트에 가서 다시 카드키를 받아 온 것이 벌써 다섯 번이다. 카드를 다시 받으면 그전에 사용했던 카드들은 먹통이 되는데, 육안으로는 구별이 되지 않는다. 카드들을 뒤섞어놓기 일쑤여서 작동중인 카드와 먹통인 카드 중 무엇을 가지고 나갔는지는 문을 열 때 비로소 알 수 있는 것이다.

★ 2015년 10월 30일 금요일

마리가 며칠 전부터 몇몇 작가들의 목소리를 녹음하고 싶어했는데, 나에게도 부탁을 해왔다. 오후에 짬을 내 응접실에서 만났다. 한국어로 15분가량 작품을 읽기로 했다. 나는 낭독회에서 작가들이 자국어로 글을 읽을 때가 가장 좋았다. 모국어로 말할 때, 가장 자신다운 목소리를 내기 때문이다. 망설임도, 과장도, 혹은 축소도, 부끄러움도 없다. 아마 마리에게도 그러했던 모양이다. 이걸 어디다 쓸 거냐 물으니, 잘 모르겠단다.

녹음은 리오가 맡았다. 리오는 마리와 정반대의 성격을 갖고 있다. 차분하고 꼼꼼하다. 성격이 급한 마리가 '늘 물건을 찾아 헤매는 사람'이라면, 자신은 '물건을 찾아주는 사람'이라고, 리오는 나른하고 감정 없는 목소리로 말했다.

녹음은 생활 소음 때문에 조금씩 지체되었다. 창밖에서 자동차 경적이 울린다. 멀리서 종소리가, 희미한 웃음소리가 들린다. 그럴 때면 소리가 사라질 때까지 입을 다물었다. 읽기가 이어지자 어느덧 사위가 고요해져

갔다. 종내 목소리만 남았다. 우리는 녹음을 마치고 함께 무용 공연장으로 향했다.

★ 2015년 10월 31일 토요일

이틀 뒤면 폴린이 할리우드의 영화 워크숍에 참가하기 위해 L.A.로 떠난다. 우리는 뉴욕에서 다시 만나게 될 것이지만, 타이 레스토랑에서 송별회를 하기로 했다. 걷기엔 조금 먼 듯해 콜택시 두 대를 불렀다. 마리와 마리의 아들은 매운 음식도, 지역색이 느껴지는 향신료도 모두 잘 먹었다. 리오는 동남아 요리도 즐긴다. 마리는 훠궈를 제일 좋아한다. 나보다 매운 음식을 더 잘 먹는다. 리오는 내일이면 스톡홀름으로 돌아간다.

할로윈이라 동네 구석구석이 떠들썩했다. 호텔로 돌아올 때는 걸어서 왔다. 인형 탈을 뒤집어쓰거나 일부러 괴이하게 치장한 젊은이들이 곳곳에 있었다. 리오에게 술 마시는 것 좋아하느냐 물으니 보드카에 레드불을 타서 마신다고 했다. 내가 마리에게, 너의 아들이 보드카에 레드불을 타서 마신다는데? 라고 고자질했더니, 십대잖아, 라고 한숨을 쉬며 답했다. 리오는 아직 성년이 되지 못해 이곳에선 술을 살 수 없다. 함께한 작가들이 대신 한 잔씩 사다주곤 했다. 리오는 마리와 호텔 잔디밭에서 맞담배를 피웠다.

호텔 응접실로 돌아와 리오와 시간을 보냈다. 마리는 행콕 빌딩에서 보았던 야경을 잊지 못해 며칠 전 리오와 시카고에 다녀왔다. 애석하게도 미성년자인 리오는 보호자와 함께였음에도 바의 출입조차 허락받지 못했다. 리오는 대신 시카고 미술관에서 찍어온 자화상들을 보여주었다. 10여 장의 초상화들이 문득, 영정사진 같았다. 리오는 자화상을 좋아한다고 했다. 나는 말했다. 자화상은 조금 무섭게 느껴질 때가 있어. 왜? 사람 얼굴이란 게 좀 무섭잖아. 리오의 구형 아이폰은 액정이 깨져 있어 모든 얼굴에 금이 가 있었다.

리오는 영화를 만들거나 작가가 되고 싶다고 했다. 마리가 하는 일과 같았다. 마리는 영 마음에 들지 않는 눈치였다. 이미 시나리오도 써본 적 있어. 무슨 내용인데? 이혼한 편부모를 둔 중산층 가정의 고등학생에 관한 이야기. 리오의 답변은 항상 간결하다. 리오가 아이오와에 오기 전 마리는 몇 번이나 나에게 막내아들을 소개시켜주고 싶다고 했다. 때때로 내가 리오와 똑같은 말을 한단다. 나와 닮은 점이 많다는데 눈이 언제나 게슴츠레해 졸린 듯 보이는 것 외엔 잘 모르겠다.

★ 2015년 11월 1일 일요일

협탁 위 알람시계를 힐끔 보니 새벽 6시 반이다. 충분히 잔 것 같은데 왜 이리 이른 시간에 깨어났나 싶어 다시 잠을 청했다. 30분 정도 지났으려나. 복도가 떠들썩하다. 어제 할로윈 파티로 다들 늦게까지 술을 마시고 놀았던 것 같은데, 왜 일찍부터 부산스러운지 의아했다. 더이상 잠이 오지 않았다. 무언가 이상한 기분에 멍하니 앉아 있다 휴대폰을 확인했다. 야엘과 나엘로부터 메시지가 와 있다. 우리 1시간 벌었어! 서머타임이 해제된 것이다. 한 시간이 앞당겨졌다.

오래간만에 날이 무척 맑았다. 메일 통을 열어보니 폴린에게 연락이 와 있다. 기념사진을 찍자고 했다. 폴린과 가까운 작가들 몇몇이 호텔 로비로 삼삼오오 모였다.

우리는 폴린이 시키는 대로 호텔 옆 언덕을 오르고, 철길에 걸터앉아 단독 포즈를 잡고, 다시 언덕을 내려와 벤치에 앉아 10도 각도의 오차도 허용치 않는 엄격히 조화로운 자세로 사진을 찍었다. 나는 너무 피곤해 진이 다 빠졌다. 굽이 있는 부츠를 신고 한 시간 반 흙길을 오르고 자갈밭을 걷자니, 발바닥에 불이 났다. 야엘이 내게 이해한다는 듯 눈짓을 하며 시키는 대로 해, 라고 속삭였다. 자포자기의 느낌이 났다. 폴린은 내일 아침 우리 중 가장 먼저 아이오와를 떠난다.

★ 2015년 11월 2일 월요일

1

발표 준비 때문에 긴장이 되어 새벽 3시부터 일어나 파워포인트라는 것을 만지작거렸다. 아이오와 대학교 학부생을 대상으로 한 발표가 내 마지막 공식 임무다. 15~20분가량의 발표, 그리고 질의응답이 이어질 것이다. 학생들은 미리 발표자의 작품 샘플을 읽고 질문을 준비해온다. 발표 주제는 자유롭게 정할 수 있었지만, 대체로 자신과 자신을 둘러싼 것들에 대해 말했다. 사진들이 순서대로 보일 수 있도록 붙여 넣기를 하는 데 4시간이나 걸렸다. 아무래도 영어로 발표를 해야 하는 것이 마음에 걸려 하고 싶은 말을 문서 편집기에 쳐 넣었다.

아침엔 뉴욕으로 미리 짐을 보내야 했다. 아이오와에서의 남은 날들과 워싱턴 D.C.에서의 체류에 필요한 옷 몇 가지를 제외하곤 모두 트렁크에 챙겨 넣었다. 가방은 미리 뉴욕으로 갈 것이다. 짐이 덜해지지도, 많이 늘어나지도 않았다. 나는 한국에서 가져온 내 소설들을 제임스에게 주기로 했다. 언젠가 읽을 수 있을지도 모른다. 뉴욕으로 보내는 가방은 20킬로

그램까지 가능하다. 나자렛의 방으로 가 무게를 달았다. 정확히 20킬로그램이다.

리오 편에 짐을 들려 보내 부칠 것이 없다던 마리가 1층 로비로 내려왔다. 무언가가 담긴 검은 비닐봉지를 주면서 갖고 있으라, 고 말했다. 나는 짐을 보내느라 정신이 없어 고개를 끄덕이며 받아들었다. 무엇인지 몰라 호텔로 돌아와 열어보니 마리의 스카프다. 은사와 붉은 실로 직조된 무늬가 아름다운, 이스탄불에서 샀다던 스카프였다. 나는 갖고 있으라는 게 무슨 의미인지 생각하다가 피곤해 잠이 들었다.

발표 전에 나자렛의 방에서 발표문을 출력하려 했지만 먹통이었다. 부랴부랴 도서관으로 가 다시 시도했는데, 프린터기 사용이 허용되지 않았다. 결국 기껏 작성해놓은 발표문 없이 교실로 갔다. 발표 내내 중언부언했다. 다행히 작년 IWP의 스태프였던 한국 학생 세영씨가 도와주러 와주었다. 몇 개의 질문 중 가장 까다로운 것을 세영씨의 통역을 빌려 대답할 수 있었다.

2

IWP에서 주최하는 송별회가 있었다. 우리는 수료증과 단체 사진, 노트를 받았다. 마리는 송별회 내내 제임스를 따라다니며 뉴욕에서 함께 연극을 보자고 했다. 제임스는 그때마다 머릴 감싸 쥐며 괴로워했다. 야엘이 나에게 물었다. 제임스가 정말 뉴욕에 올 것 같아? 잘 모르겠는데. 야엘은? 난 안 올 것 같아. 나는 같은 질문을 마리에게 해보았다. 올 거야. 와야지. 확신에 찬 목소리다.

자리가 파하고, 마리와 나는 폭스헤드를 향해 걸었다. 이곳은 해가 지면 놀랍도록 조용해진다. 해가 소리를 만들어내는 것도 아닐 텐데 있던 소음이 가시는 기분이다. 나는 아침에 마리가 내게 준 스카프에 대해 물었다. 그거 나 주는 건가? 마리는 멋쩍게 당연하지, 라고 말한다. 언젠가 저녁식사를 마치고 돌아오던 길에 내가 추워 보였는지 마리가 스카프를 빌려주었는데, 그 눈에 퍽 잘 어울려 보였단다. 마리는 그 뒤로 단 한 차례도 그 스카프를 하지 않았다.

마리는 내가 보여준 사진들에 대해 말했다. 나는 고등학교 시절의 이야기와 그와 관련한 동네 사진 몇 장을 보여주었다. 효자동 언저리에 자리잡은 학교는 미션 스쿨로 한 세기 전 미국인 선교사가 만들었다. 일제강점기와 한국전쟁을 거쳤다. 그 시절 나는 학교와 가까운 곳에 살고 있었는데, 지금처럼 서촌이니 북촌이니 떠들썩하기 전의 일이다. 그땐 먹잘 것이 떡볶이밖에 없었다. 어느 날 같은 반 친구와 나는 시인 이상이 이 동네에 살았다는 사실을 알게 되었다. 한창 PC통신이 유행하던 시절이라, 반장난으로 이상문학동호회를 만들었다. 회원이 우리를 포함해 네 명쯤 되었는데, 어떠한 문학적 활동도 하진 않았다. 여름방학엔 정기모임도 한 차례 했다. 네 명이 고스란히 참석해, 대학로에서 닭갈비를 먹고 노래방에 갔다.

동호회 회장이었던 친구는 지금 영화 만드는 일을 한다. 나는 소설을 쓰고, 다른 한 명은 동화작가가 되었으니, 결과적으로 문학 비슷한 동호회가 맞게 되었다.

마리는 내가 서울에서 나고 자라 풍요로운 문화적 혜택을 누려온 것에 일종의 안정감이 느껴진다고 했다. 그러나 동시에 타지에 정착한 사람들, 마리 자신을 포함해 이곳에서 만난 이주민들의 삶을 이해하고, 그에 대해 말해주길 바랐다.

마리의 조부는 러시아계 이민자로 스웨덴으로 건너가 정착을 위해 오랜 시간 고생을 했다. 그러한 연유로 마리는 실크베르그Silkeberg라는 아름답지만 '지나치게 아름다워 인위적인' 성을 얻게 되었노라 말했다.

★ 2015년 11월 3일 화요일

저녁에 테레사의 송별회가 있었다. 테레사는 내일 워싱턴 D.C.가 아닌 오스트리아로 돌아간다. 가까운 몇몇과 저녁을 함께하고 싶다고 메시지를 보내왔다.

우리는 아마도 아이오와에서 가장 호사스러울 프렌치 레스토랑에서 저녁식사를 했다. 코스 요리를 시켰다. 나는 자리가 영 어색해, 빨리 호텔로 돌아가고만 싶었다. 서양식 코스 요리가 낯선 작가도 있었다. 좋아하는 고기를 시켰는데 맘이 편치 않아 무슨 맛인지도 모르고 먹었다. 일정이 끝에 가까워져서인지, 눈도 귀도 마음도 과민하고 피로하다.

이미 짐을 정리한 이후라 방안이 텅 비었다. 방에는 더블 사이즈 침대와 두 개의 큰 책상이 있다. TV 한 대, DVD 플레이어, 냉장고가 있다. 두 개의 소형 전등이 각각 책상과 협탁 위에 있다. 작은 옷장과 온 · 냉풍 겸용 라디에이터가 있다. 작은 배낭 하나만 남았다.

★ 2015년 11월 4일 수요일

공항과 비행기가 익숙해질 만도 하건만, 여전히 기내에 들어서면 긴장감이 느껴졌다. 시카고를 거쳐 워싱턴 D.C.에 도착했다. 날이 너무 따듯해 아이오와에서 코트를 입고 온 사람들이 하나둘 겉옷을 벗어들었다. 저녁엔 워싱턴 무용단의 공연이 있었다.

공연은 오픈 리허설과 유사했다. 백여 석의 좌석을 연습실 한쪽에 줄지어 배치해 아주 가까운 곳에서 무용수들의 움직임을 볼 수 있게 한 간소한 형태의 공연이었다. 팔을 뻗으면 손이 닿을 만큼 가까운 곳에서 춤추는 것을 보는 것은 처음이라 흥분이 되었다.

공연이 끝난 후 내 소설의 안무를 맡은 안무가를 만났다. 일본계 미국인 교코Kyoko Ruch였다. 교코는 일본인 어머니와 미국인 아버지 사이에서 태어났다. 도쿄에서 태어났지만 곧 미국으로 건너와 이곳에서 내내 살았다. 발레로 무용에 발을 들였다가 현대 무용으로 전환했다. 지금은 무용수와 안무가를 겸하고 있다. 아름답고 영민함이 느껴지는 얼굴이다. 이제 서른 살이 되었다. 내가 무대에서 책 읽기를 꺼리자 교코는 대신 자신이 원하는 부분을 읽고 목소리를 녹음해달라고 했었다.

그녀가 고른 부분은 어떤 남자가 고향을 떠나는 장면, 그리고 고향을 떠난 그가 몇몇과 어울려 바둑을 두고 쌀국수로 늦은 끼니를 때우는 것을 유일한 낙으로 삼아 고독한 삶을 이어나가는 부분이었다.

호텔로 돌아오는 차 안에서 휴와 나는 흥분이 가시지 않은 채로 오늘 본 것에 대해 말했다. 몇몇 무용수는 오래 기억에 남을 정도로 인상 깊었다. 나는 아주 부드럽고 자연스럽게 팔을 쓰는 무용수에 대해 말했다. 긴 팔을 효율적이고 유려하게 움직였던 무용수는, 인간과 동물 사이의 어딘가에 있는 존재 같았다. 긴장이라고는 찾아보기 어려운, 완전히 이완된 어깨 덕일 것이다. 힘을 뺀다는 것이 말처럼 쉬운 일은 아니겠지만, 관객인 나로선 더할 나위 없는 안정감과 균형감을 느꼈다. 그것 자체로 대단한 재능처럼 느껴져 자꾸 눈이 갔다. 휴는 달리는 남자에 대해 말했다. 단신의 무용수였는데, 맨발로 홀을 질주했다. 너무 빠르게 달려 코너에서 넘어질 듯 몸이 한껏 기울어졌다. 그는 전속력으로 몇 바퀴나 돌았다. 위압감이 들었다. 어째서 달리는 행위 자체만으로도 충격을 주는가, 자문한 휴는 그가 진짜로 달렸기 때문이라고 자답했다.

★ 2015년 11월 5일 목요일

국회도서관의 회의장에서 다섯 명의 작가가 낭독을 했다. 회의장의 분위기가 지나치게 엄숙해서 도리어 웃음이 날 정도였다. 아니나 다를까 낭독이 시작되고 얼마 지나지 않아 맨 뒷좌석에 나란히 앉은 야엘과 무키가 웃음을 터트렸다. 둘은 웃음을 주체하지 못해 낭독이 끝날 때까지 어찌할 바를 몰랐다. 낭독이 끝난 후에도 여전히 웃음을 참지 못했다. 웃음 전염병에 걸린 사람들처럼 얼굴을 찡그리면서 소강상태에 접어들 듯하다가도 상대방의 웃음소리에 재전염되어 기침을 하듯 웃어댔다. 어린아이처럼 웃는 둘의 모습을 보자 까닭 없이 기분이 가라앉는 것을 느꼈다. 맨 앞자리에 앉아 있던 마리는 어떤 이유에서인지 낭독 도중 사라져버렸다. 저녁을 먹으러 간다는 사람들을 뒤로하고 호텔로 돌아가는 밴에 올라탔다. 마리에게 메시지가 왔다. 참을 수 없는 공기 때문에 나옴. 무언가 먹으러 갈 거라면 알려줘. 나는 우선 호텔방으로 돌아갔다. 그때 전화벨이 울렸다. 비암바였다.

아이오와를 떠나기 며칠 전 비암바는 지나가듯 워싱턴에 가면 작곡가

친구를 만날 것이라 말했다. 그 친구는 비얌바의 다큐 〈열정Passion〉의 음악감독이었다. 그 음악이 꽤 좋았던 기억이 있어 나도 데려가달라고 농담 반 진담 반으로 말을 했는데, 비얌바가 그것을 기억하고 있었던 모양이었다. 저녁식사에 함께 가지 않겠느냐고 물었다. 작곡가의 이름은 삼사르였다.

그의 집은 호텔에서 차로 30분 거리의 한적한 전원주택 단지에 있었다. 작은 뒤뜰이 딸린, 지하를 포함해 3층짜리 저택이었다. 집에 도착하자 그의 아내 이다가 우릴 맞이했다. 삼사르와 이다는 용모가 놀랍도록 한국인 같았다. 아니나 다를까 둘이 한국 식당에 갈 때면, 심지어 서로 몽골어로 이야기를 하는 와중에도 모든 한국인들이 자신들에게 한국어로 말을 건다고 웃으며 말했다.

1층의 절반은 거실이, 절반에는 아일랜드 식탁이 딸린 부엌이 있었다. 이다는 우리를 곧바로 부엌으로 안내했다. 세련되고 호화로운 분위기였다.

코트를 벗어 내려놓자마자 우리를 맞이한 것은 아일랜드 식탁 위에 놓인 거대한 양의 넓적다리였다. 양의 다리를 통째로 물에 넣고 삶아 칼로 베어 먹는 것이 그들의 전통적인 식사 방식이라고 했다. 삼사르는 고기를 칼로 저며 내 접시 위에 올려주었다. 숟가락도, 포크도 없어 가만히 쳐다만 보고 있으니 그들이 손으로 고기를 집어먹기 시작했다. 그래서 나도 손으로 먹었다. 이다는 곧 양고기 육수에 잘게 썬 양배추와 시금치를 넣어 끓인 수프를 숟가락과 함께 내주었다. 국에서 양고기 특유의 냄새가 희미하게 풍겼다. 그녀는 곧 아일랜드 식탁에 딸린 인덕션에 프라이팬을 놓고, 즉석에서 만두를 만들어 굽기 시작했다. 밀가루 반죽을 넓게 펴, 소고기와 생강, 버섯을 넣은 소를 넣고 납작하게 빚어 기름을 두른 프라이팬에 올렸는데, 만두 하나가 큰 프라이팬의 절반을 차지할 정도였다. 여전히 포크나 젓가락 같은 것이 없어 나는 삼사르와 비얌바가 만두 먹는 것을 지켜보았다. 그들은 거대 만두의 꼭지를 한입 베어 먹고, 만두 속에 차오른 육수를 그 구멍을 통해 숟가락에 따라 마신 후 만두를 먹기 시작했다. 삼사르는 만두 국물이 핵심이라고 여러 번 추천했다. 음식은 하나같이 신선하고 맛있었다. 우리만 먹는 것이 미안해 이다에게 함께 먹자고 하니, 자신은 이미 먹었다며 손사래를 친다. 객에 대한 예우일 것이다. 이다의 손이 너무 빨라, 먹는 속도를 맞추기 어려웠다. 삼사르와 비얌바는 끝없이 만두를 먹어치웠다. 나는 그렇게 음식을 많이 먹는 비얌바를 처음 보았다.

지하로 내려가자 한가운데 그랜드 피아노가 있었다. 삼사르의 아버지는 몽골에서 상당히 유명한 현대 음악 작곡자였다고 했다. 그의 네 명의 여자 형제 모두 피아니스트였는데, 삼사르만이 작곡가가 되었다. 그는 부업으로 아이들에게 피아노를 가르친다. 삼사르와 비얌바는 모스크바 유학 시절 만났으니, 막역한 사이다.

삼사르라는 단어가 귀에 익어 무슨 뜻이냐 물으니, 우주라고 말한다. 비얌바는 무슨 뜻이지? 내가 묻자, 그는 토요일, 이라고 답한다. 왜 하필 토요일이냐 물으니, 단지 토요일에 태어났기 때문이란다.

우리는 이다가 내어주는, 필시 직접 만들었을 빵을 먹으며 삼사르가 최근 작곡한 곡들을 들었다. 그는 클래식 작곡자이지만 가끔 댄스 음악을 만들어 뮤직 비디오를 찍는 이상한 취미를 갖고 있다. 이다를 포함해 온 동네 사람들이 그의 뮤직 비디오에 출연해 노래를 부르고 춤을 추었다. 우리는 그가 찍은 괴이한 뮤직 비디오 두 편을 포함해 최근에 작곡한, 장대한 자연을 노래한 곡들을 감상했다.

재미있었니? 삼사르가 호텔까지 데려다주겠다며 차고로 간 사이 비얌바가 슬쩍 묻는다. 나는 아주 재미있었다고 말했다.

방으로 돌아와 노트북을 켜니, 야엘에게 짧은 메일이 와 있었다. 오늘 저녁은 어떻게 보냈느냐 물었다. 나는 졸린 눈을 비비며 야엘에게 답장을 쓰기 시작했다.

★ 2015년 11월 6일 금요일

셋은, 어떻게 가까워진 거야?

무키가 나와 마리와 야엘에게 물었다.

야엘은 나를 처음 만난 날을 기억하고 있었다.

내가 시카고에서 가방이 바뀐 일 때문에 나자렛이랑 이야기를 하고 있었는데, 나중에 유진이 와서 필요한 것 없느냐고, 뭐든 나눠주겠다고 말했어.

나는 매일 일기를 쓰고 있어 다 기억하고 있었지만 쑥스러워져서 잘 모르는 척했다.

★ 2015년 11월 7일 토요일

우리는 워싱턴 D.C.에서 버스를 타고 뉴욕으로 이동했다. 버스는 북새통인 시장 통을 지나듯 좁은 골목길로, 수많은 관광객들을 헤치며 타임스퀘어에 도착했다. 호텔은 타임스퀘어 바로 옆에 있었다. 아이오와 호텔에서의 환풍구가 보이는 최악의 전망을 보상하기라도 하듯, 객실 두 면의 통유리창으로 타임스퀘어의 전경이 펼쳐졌다. 입이 벌어지는 호화로운 전망이다. 나는 신이나 마리와 야엘을 불러 자랑을 했다. 아이오와를 떠난 지 고작 3일이 지났는데 아주 오래전 일처럼 까마득하게 느껴진다.

할리우드에서 뉴욕으로 온 폴린은 이 따스한 그룹이 너무나 보고 싶었다며 얼싸안았다. 거긴 정말 완벽한 비즈니스의 세계더라. 폴린이 말했다. '그쪽 세계 사람들'은 자신과 대화를 나누다가도 더 흥미로운 대상이 나타나면 지체 없이 대화를 끊어버리고 떠나더라고 혀를 찼다. 나는 큰물에서 놀다 금의환향한 남동생을 만난 듯 신기하고 기특한 마음이 들었다.

★ 2015년 11월 8일 일요일

제임스가 뉴욕으로 날아왔다. 마리에게 굴복한 것이다. 그는 뉴욕에 사는 친구 부부네에서 신세를 지기로 했다. 마리는 정말 대단하다. 이토록 설득력이 있다니. 나는 네가 정말 싫어. 제임스가 마리에게 볼멘소리를 했다. 나는 그제야 비로소 제임스는 누군가가 자신의 등을 떠밀어주길 바랐을 수도 있겠다는 생각을 했다. 우리는 배로우 스트리트라는, 길의 이름을 딴 작은 소극장으로 향했다.

애니 베이커의 연극 〈영화〉는 영화관에서 일하는 세 남녀의 사소한 일상을 다룬다. 영화관을 쓸고 닦고, 조는 사람을 깨우고, 지루함을 달래기 위해 영화 제목 맞추는 게임이나 하는 것으로 하루하루가 흘러간다. 이것은 쉽게 눈치채기 어려운 미세한 갈등들이 일상에 흠집을 내는 이야기이다. 이 연극을 책으로 먼저 읽었을 때엔 미처 알아채지 못했던 흥미로운 점은 시간이 구체화된 방식에 있었다. 애니 베이커는 대화를 재현하는 데에 상당히 많은 시간을 공란으로 남겨둔다. 내 짐작보다 넓고 무겁다. 의미 없이 주고받는 말과 말 사이에, 사소한 오해와 갈등 사이에, 불편할 정도로 긴 침묵을 넣는다. 현실의 대화가 그러하듯 때때로 겹치고, 끊기고, 혹은 겹침을 무시하는 의미 없는 공백으로 가득차 있다. 이때의 침묵은 말하여지지 않는 것으로 의미를 전달한다기보단, 매 순간 엇갈린 타이밍에서 오는 작은 사고들 같다. 이 명료하게 인식되지 않는 아주 작은 단위의 사고들이 시루떡처럼 켜켜이 쌓여 어느 순간 쉰내를 풍긴다. 연극은 그것에 관한 아주 길고 자세한 정황들로 이루어져 있다.

★ 2015년 11월 9일 월요일

한국에 가져갈 선물을 살까 싶어 5번가로 갔지만, 여의치 않았다. 몸이 천근만근이었다. 모마MOMA에 갔지만 마치 뻘밭을 걷는 듯 걸음을 떼는 것이 힘겨웠다. 미술관 관람을 속성으로 마치고 나왔다. 대로변의 푸딩 가게에 들러 컵에 담긴 바나나 푸딩을 두 개 샀다. 저녁에 마리의 마지막 낭독이 있다. 마리는 분명히 낭독이 신경 쓰여 아무것도 먹지 않고 있을 것이 뻔했다. 방에 있다면 잠깐 얼굴 볼 수 있을까? 내가 메시지를 보내니 마리는 지체 없이 방 번호를 알려준다.

제임스가 소호 구경을 시켜준다기에 호텔에서 잠깐 낮잠을 자고 나갔다. 제임스는 몇 년 전 소호의 한 바에서 일을 한 적이 있어 지리에 밝았다. 제임스는 자기가 좋아하는 작은 편집 매장 몇 군데를 소개했다. 그는 미리 보아둔 새하얀 스니커즈를 만지작거리며 어떠냐고 물었다. 신어봐. 신으니까 더 예쁘다. 내가 소비를 부추겼다. 나는 그곳에서 파란색 겨울 목도리 하나를 골랐다. 내가 계산을 하고 나오자 제임스는 직원과 잡담을 나누다 빈손으로 따라 나왔다. 내가 왜 신발을 사지 않았느냐 물으니 인터넷이 더 싸, 라고 말한다. 제임스는 친구 부부에게 줄 향초 하나를 샀다.

우리는 낭독회에 참석하기 위해 택시를 잡아탔다. 그곳에 마리를 포함한 다른 IWP 작가들이 있을 것이다. 오늘이 이곳에서의 마지막 날이다. 우리는 반갑게 만나 언제나 그랬듯 낭독을 하고, 대화를 나누고, 담담히 헤어질 것이다. 다음을 기약할 것이다.

★ 2015년 11월 10일 화요일

아침부터 비가 내렸다.

작가들은 모두 다른 나라로 돌아가므로, 출발 시간도 다 달랐다. 나는 작가들 중 가장 일찍 호텔을 나섰다. 야엘에게 메시지가 왔다. 야엘은 텔아비브Tel Aviv에 있는 자신의 별장에 대해 말했다. 언제든 오고 싶을 때 올 수 있어. 와서 글을 써도 좋아, 라고 말했다. 나는 이곳에 오기 전까지 단 한 번도 텔아비브나 스톡홀름에 대해 생각해본 적이 없었다. 그러나 이제 모든 것이 달라졌다.

짐을 챙겨 호텔 로비로 나가자 캐서린이 기다리고 있었다. IWP의 스태프들은 작가들이 밴을 타고 공항으로 갈 때까지 세심하게 살폈다. 캐서린은 나 대신 밴의 운전기사에게 행선지를 알려주고는 잘 부탁한다며 거푸 말했다. 나는 차창으로 밴이 사라질 때까지 호텔 처마 밑에서 서 있는 캐서린의 모습을 보았다. 집으로 돌아간다고 생각하니 조금씩 긴장이 되면서, 동시에 긴장이 풀렸다. 비가 내리는 것을 보았다. 건물이 젖어든다. 이른 출근을 하는 사람들이 보인다. 차는 자주 멈춘다. 젖은 도로, 젖은 구두 앞코 같은 것을 보다가 까무룩 잠이 들었다. 집으로 간다. 집으로 간다는 사실이, 믿기지 않는다.

★ 2015년 11월 11일 수요일

각자의 집으로 돌아간 작가들이 오랜 시간 비어 있었을 집의 풍경을 보내온다. 아이들, 고양이, 따듯한 색의 천소파와 슬리퍼 따위가 있다. 누군가는 싱그러운 녹음이 진 나무 사진을, 누군가는 털부츠를 찍어 보낸다. 야엘은 비행기 편이 급작스레 취소되어 뉴욕에서 발이 묶였다고 했다. 내가 시카고에서 하루를 더 보냈듯, 야엘은 뉴욕에 남아 하루를 더 보내게 되었다. 이보다 완벽한 수미상관의 비보가 또 있을까. 페이스북에 올라온, 근심 걱정에 싸인 야엘의 얼굴 사진을 보자 웃음이 났다.

작가의 말

★ 2016년 12월 23일 금요일

아이오와에서 돌아온 지 1년여가 지나고 책으로 엮는다. 제법 시간이 지나 이제는 모든 것이 아득하게 느껴진다. 가끔 새벽 3시나 4시쯤 IWP라는 제목을 단 휴대폰 메신저의 대화방에서 문자들이 쏟아질 때가 있다. 작가들은 여전히 안부의 인사를 나누고, 책의 출간 소식을 알린다. 나는 그제야 비로소 시차가 제각각인 나라에서 온 사람들과 한동안 시간을 보냈었구나, 실감한다.

이것은 아이오와에 머물며 하루하루를 적당히 기록한 일기이다. 이 소박한 글을 책으로 엮어준 김민정 시인이 참 고맙다.

마리는 얼마 전 할머니가 되었다. 첫째 아들과 그의 여자친구 사이에서 손자가 태어났다. 이름이 이반Ivan이라고 했다. 마리는 아이의 세례식을 앞두고 자신이 왜 긴장이 되는지 모르겠다고 말했다. 막내아들 리오는 결국 문학과 역사로 진로를 정했다.

더이상 자신 없는 영어로 글을 쓰고 싶지 않았던 모양인지 단체 대화방에서도 영 말이 없던 야엘이 메일을 한 통 보내왔다. 글은 없고, 파일 하나가 첨부되어 있다. 열어보니 야엘의 목소리가 들려온다. 야엘은, 목소리 편지를 보내온 것이었다. 낮고 느리고 나이가 느껴지는, 바로 그 목소리다.

나는 가끔 뉴스를 통해 그들 나라의 소식을 듣는다. 텔아비브, 아르메니아, 상파울로, 스톡홀름. 그럴 땐 그들의 얼굴이 마치 국가대표라도 되는 것처럼 절로 떠오른다. 어떤 나라에서 누군가의 나라로. 그곳은 아주 먼 곳이면서, 동시에 더이상 멀지 않은 곳이다.

걸어본다 10 | 아이오와
받아쓰기

초판 1쇄 인쇄 2017년 1월 15일
초판 1쇄 발행 2017년 1월 25일
지은이 김유진
펴낸이 김민정
편집 김필균 도한나
디자인 한혜진
마케팅 정민호 나해진 김은지
홍보 김희숙 김상만 이천희
제작 강신은 김동욱 임현식
제작처 영신사
펴낸곳 (주)난다
출판등록 2016년 8월 25일 제406-2016-000108호
주소 10881 경기도 파주시 회동길 210
전자우편 blackinana@hanmail.net 트위터 @blackinana
문의전화 031-955-2656(편집) 031-955-8890(마케팅) 031-955-8855(팩스)

ISBN 979-11-960030-0-5 03810

○난다는 (주)문학동네의 계열사입니다.
○이 도서의 국립중앙도서관 출판예정도서목록(CIP)은 서지정보유통지원시스템 홈페이지(http://seoji.nl.go.kr)와 국가자료공동목록시스템(http://www.nl.go.kr/kolisnet)에서 이용하실 수 있습니다.(CIP제어번호: CIP2017001139)